日本文学の大地

中沢新一

角川文庫
21470

まえがき

「日本文学の大地」とは、日本の「古典文学」が生産されてきた、心的な空間のことにほかならない。この心的な空間は、明治時代の初期に解体され、「近代文学」という別の構造に再編成されたが、それ以後も、そして今も、私たちの心を魅了する力を失っていない。この本で私は、近代文学を生み出してきたのとは異なる、古典文学を生み出してきた心的な空間の構造を、具体的な作品の内面に即しながら、あきらかにしようとした。

古典文学を生み出した心的な空間の持つ最大の特徴は、その空間の中では自然と文化が分離されない、というところにある。これに対して近代文学は、「自然と文化の大分割」という、西欧近代を生み出してきた強力な原理の影響を受けて形成された新しい心的な空間の秩序に、みずから引き込まれることによってつくりだされた。

この「自然と文化の大分割」という近代を生み出した原理の再検討が、現代の思想の取り組むべき最重要の課題となっている。この本はその課題に、側面からの応答を与えようとしている。この本で、私は読者を「自然と文化の大分割」の原理によって解体・再編成される以前の、日本人の心的な空間へ誘っていこうとしているが、それは自然と文化が相互貫入しあう心の空間から、どんな魅力的な文学の産物が生産されたのかを、つぶさに見届けてみたかったからである。

現代の私たちは、古典文学を生み出した「大地」が解体され再編成されたあとにできた、近代の心的空間を生きている。そのために、それと根本的に異なる構造をした、古典的な心的空間を通して眺められた世界の姿を、実感としてとらえることが難しくなっている。しかし古典的な心的空間は解体され、消えてしまったのではなく、無意識の底に沈んだようにして、日本人の心の中に生き続けている。

その心的空間では、自然と文化は分割されるのではなく、連続してつながりあっている。自然が文化の中に折りたたみ込まれ、文化は自然の内奥に向かっていくことを理想とした。こういう思想は、作家や知識人や芸術家によって抱かれていただけではなく、庶民生活や景観の中に息づいてきた。それどころか、料理、建築、造園、農業、漁労、祭祀から経済システムの中にさえ、それは生きている。古典文学を生んだこのような心的空間は、日本人の無意識の構造そのものをあらわしている。じつは「クールな日本」と言われているものは、ここから生まれている。

その心的空間から生み出された作品の数々は、ふしぎなことに今もその魅力を失っていない。日本の古典文学は、私たちがもうふだん使わなくなった心の「筋肉」を、伸ばしたり、たわめたりして、心を自由に解きほぐす力を持っている。私たちが近代の原理の向こう側に超出していこうとするとき、古典文学による心のストレッチは、たいへんに有効な準備運動となる。日本の古典はとにかく世界標準の枠におさまらないところが、おもしろいのである。

本書の構成は古典文学の教科書の体裁をとることにした。各章の扉裏に、それぞれの古典作品の概要を説明し、私の文章に続けて、作品の原文の一部と現代語訳を紹介する構成をとることにしたのである。それによって日本の傑作古典の雰囲気を味わってもいただきたい。

目次

編集協力　大角　修（地人館）

源氏物語

『源氏物語』は平安貴族が最盛期を迎えた藤原道長（九六六〜一〇二八年）のころに書かれた王朝の物語。道長は三人の娘を次々に入内させ、天皇の外戚として権勢をふるった。『源氏物語』の著者・紫式部（生没年不詳）はその娘の一人で、一条天皇の中宮（后）彰子に仕える女官だった。

『源氏物語』は五十四帖の長編で、四十一帖までの主人公は光源氏、以後は光源氏の子の薫の物語である。光源氏は桐壺帝の次男だが、美貌と才能に恵まれて「光る君」とよばれた。父帝は皇太子にしたいと望んだが、母の桐壺更衣は宮廷での立場が弱かったうえ、「光る君」が三歳のときに病死。そのため臣下に下され、源の姓を与えられたので光源氏という。しかし、貴族としての栄達はめざましく、ついには准太上天皇という位を得る。さながら准三后（太皇太后・皇太后・皇后に准じる地位）に達した藤原道長のごとくである。

物語はこの光源氏の女性遍歴をたどる。最初の正妻・葵の上、次の正妻・女三宮、愛人の六条御息所や空蟬、夕顔などであるが、深く心を寄せたのは少女のときから育てた紫の上と、母に面影が似ている藤壺だった。藤壺は父帝の中宮だが、光源氏との密通によって男子を出産。その子は後に冷泉帝となる。光源氏の正妻である女三宮も柏木(頭中将の嫡男)と密通し、薫を産む。光源氏は自身のおこないの報いであるとも感じ、第四十帖「幻」では世を儚《はかな》んで過ごし、次の「雲隠」は帖名だけで本文はないが、ついに五十余歳で遁世したことを暗示して、光源氏の物語は終わる。

権力のポルノグラフィー

『源氏物語』は、権力と性愛というふたつの糸で織りなされている。どちらが物語の横糸で、どちらが縦糸なのかは、定かではない。そのふたつの糸が、時々交差しあったり、もう一方に変化をつくりだしたり、もつれ合ったりしながら、この複雑にして大きな物語は、展開していくのである。その理由は、はっきりしている。光源氏の人生は、はじめから終わりまで、天皇という存在を裏返しにしたものとして、進行する。だから、天皇にとって重要なこと（権力と性愛）は、源氏にとっても重要なのだ。しかし、源氏の人生ではすべてのことが、天皇におこることの裏返しのように進行していく。そして、そこから小説というものが生まれることになったのである。

天皇の権力は、最初から性愛と一体になって発達してきている。古代の天皇は、征服した地方の首長の娘たちを、「采女《うねめ》」として献上させていた。「采女」は、絹や海産物や野菜などといっしょに、天皇のもとに差し上げられたのだ。天皇はこのとき、神にお供物を捧げるための宗教的システムを、そっくりそのまま利用して、自分の権力のひとつの根拠とした。

日本人は、大地が生み出してくれるもののうちの「初物」を、かならず神に捧げた。神が、大地の恵みを私たちに贈与してくれたのだから、私たちはそれに応《こた》えて、贈られたもののうちで、もっともみずみずしい「初物」を、神様に捧げましょう、というサクリファイス（犠牲）の考え方だ。この宗教的な思考法を、自分の権力の根拠として採用した天皇は、そこで地方地方の大地の産物の、献納を求めた。そして、それといっしょに、大地の生殖力を一身にまとった、地方の女性たちの中から、魅力的な「初物」が、「采女」として捧げられてくるような制度をつくったのである。

天皇の権力は、人間たちだけを支配するのではなく、日本の自然と自然の中にひそむ力を支配するものとして、発達してきた。そこで、大地が生み出すものを、お供物として受け取り、それを儀式的に消費してあげることこそが、神を擬態する天皇にふさわしい行為と、考えられるようになった。それならば、土地の精霊の祝福を受けて、美しく育った少女たちを、みごとに性的に消費してあげることこそは、天皇としてまずまっさきにはたさなければならない、宗教的な行為でもあったのだ。

このように、天皇の制度では、はじめから権力と性愛は、ひとつに結合していたのである。天皇の権力は、人間だけではなく、自然の奥底にまでおよんでいこうとする欲望をいだいていた。そのために、天皇は性愛の領域でも、まず第一のエキスパートである必要があった。女性の身体から、最大限のよろこびと豊穣を誘いだすことのできる能力は、時代が中世となっても、帝王学の大事な主題となっていた。

光源氏という男性は、そのような天皇のコインの裏なのだ。彼は事情があって、天皇になってもおかしくない生まれなのに、皇子のままでとどまった。皇子とはヴァーチャル（潜在的）な、可能性としての天皇である。ということは、源氏の一生をとおして、現実の天皇には実現できなかった、天皇という存在に秘められた可能性に、ひとつの表現があたえられた、と考えてみることもできる。彼の物語は、権力と性愛のテーマをひとつに織りあげながら、天皇というものの秘密を語り出しているのだ。

古代の天皇さながらに、まず光源氏は、自分の母親にあたる女性と、性的な関係をもって、将来の天皇の隠れた父親となった。彼はマイルドな形にカムフラージュされた、近親相姦をおかしたのである。このことによって、彼は自然の領域に異様な接近をとげることになった。こと性愛のジャンルに関しては、彼は尋常ならざる力を、身にまとうこととなったのだ。彼は、さまざまな女性のもとへの「遊行」にのりだしていく。京都の町のどこそこに、美しい、魅力的な女性が住んでいる、と聞いただけで、もう彼の心の中には、その女性に逢って、性愛のつながりをもちたい、という強烈な欲望が生まれるのである。

そういうとき、女性はつねに「景観」と一体になっている。平安の都市生活者は、もう大地には所属していない。彼らは、いったん大地への所属を解いてから、あらためて、この京都という人工的につくられた疑似的な「大地」の上に、自分の空間を確保した人々である。だから、そこにあるのは、一度大地から引き離されたのち、あらためて人工空間の中に移植されて景観となった自然で、源氏が関心を持つようになる女性は誰も、みんなこういう景観の一部として、都市的にエロティックな存在なのである。古代の天皇が、土地土地の美しい女性を求めて、性愛の「遊行」をおこない、それによって空間としての大地と、その大地の生む力を象徴する女性たちとを、あわせてわがものとしていったように、源氏もそのアヴァンチュールをとおして、女性とその女性と一体になっている都市的な人工の大地を、ともどもにわがものとしていったのだ。

天皇のもとには、つぎつぎと「采女」の末裔《まつえい》である若い女性たちが、「お供物」として入内《じゅだい》していった。かつては、土地のものであった若い女性が、大地の生んだ魅力的な「初物」として、天皇に捧げられていくのである。しかし、この頃にはもう、女性と大地のつながりはあまり意識されなくなっていた。ところが、潜在的な天皇である源氏は、かつてはなまなましく意識されていた、女性と大地との一体性を、もう一度復活させようとする試みに取り組んだのである。天皇は女性と性のまじわりをもつことによって、土地の力の支配をもおこなおうとした。つまり、天皇という王権において、セックスをすることと、空間の支配権をもつということは、同じ意味をもっていたのだ。光源氏という永遠の皇子が、その華麗な色恋沙汰をとおして、再現してみようと試みたのは、性愛と空間支配をめぐる、そういう王権の政治思想だったのだ、と私は思う。

「少女《おとめ》」の巻にはじめて描かれる、有名な「六条院」の構想こそ、そういう源氏のエロティックな政治思想の、ひとつのクライマックスをしめすものである。源氏は新しく築造する六条院で、四つの「町」をひとつに統一したお屋敷をつくろうとした。四つの「町」のそれぞれには、春夏秋冬の四つの季節が配分され、おのおのの「町」には、源氏の妻や愛人たちが、おのおのの性格や風情《ふぜい》にしたがって、分れて住むようになっている。こうして、紫の上は、春の「町」に住み、花散里《はなちるさと》は夏の「町」の住人であり、秋の御殿には六条御息所《ろくじょうのみやすどころ》の娘が、明石《あかし》に見いだした女性、明石の君の邸宅は、冬の情趣を配する西北の冬の「町」につくられることになった。

源氏は、ここで時間（四季の変化によって象徴されるもの）、空間（邸宅の配置として象徴されるもの）、生命（女性たちとの性愛の結びつきによって象徴されるもの）の三つの領域を、ひとつに統一して、そのすべてに、自分の権力をおよぼそうとしているのである。時間と空間と生命の支配者となることが、天皇という存在の理想とするところだ。ところが、現実の天皇は古代からのしきたりにしばられていて、中世の都市的世界にふさわしい、時間―空間―生命を統一的につかみとるための、新しい象徴的な仕組みをつくりだせずにいたのである。

しかし、源氏には、永遠の皇子であることによって、それが可能なのである。中世の貴族世界では、自然はすでにいったん貴族の大地からひきはがされて、「景観」として、歌の中に詠まれるものへと、変貌をとげていた。四季の変化にあらわれる時間の流れでさえ、労働とはかかわりのない、ただ見て感動するための「景観」に、つくりかえられつつあった。『万葉集』から『古今集』へと、芸術様式は大きく変化しつつあって、その本質は一言で言えば、大地への帰属から離れた自然を、どのように言葉の空間の中に取り込んで、表現として生まれかわらせるか、ということにあった。

それと同じ変化が、中世には、権力の質にもはっきりとあらわれはじめていたのだ。驚いたことに、紫式部という女性は、そのことを誰よりも深く認識していた。『源氏物語』は、第一級の政治思想の本として、読まれなければならないのである。中世には、天皇の権力の主題は、自然の力を、象徴表現の中でどうとらえ、どう捕獲していくか、ということに移っていく。そこでは、自然と大地のうちにひそむ力を、まず空間としてとらえられるものにつくりかえ、しかるのちに、それを表現として整えることで、支配が実現したという幻想を抱くことができるようになる。

日本の天皇は、自然の支配ということを、いつも自分の主題にしてきた。だから、女性の性を自分の中にどう取り込んでいくかが、そこでは大きな問題となってきた。『源氏物語』の独創性は、この国に小説なるものを創造すると同時に、新しい政治の思想を、高級きわまりないポルノグラフィーとして、表現してみせたところにある。政治は、この国ではつねに、一種のポルノグラフィーなのである。

「桐壺《きりつぼ》」より

いづれのおほん時にか、女御更衣《にようごかうい》あまた侍《さぶら》ひ給《たま》ひけるなかに、いとやむごとなききはにはあらぬが、すぐれて時めき給ふ、ありけり。

はじめよりわれはと思ひあがり給へる御かた〴〵、めざましきものにおとしめそねみ給ふ。同じほど、それより下臈《げらふ》の更衣《かうい》たちは、まして安からず、あさゆふの宮仕《づか》へにつけても、人の心をのみ動かし、恨みを負ふつもりにやありけむ、いとあつしくなりゆき、もの心ぼそげに里がちなるを、いよ〳〵あかずあはれなる

どなたさまの御世《みよ》であったか、女御《にょうご》や更衣《こうい》が大勢お仕えなさっていた中に、たいして重い身分ではなくて、それでいてご寵愛のめだつ方があった。

入内《じゅだい》当初から自分こそはと気負っておいでなさった女御がたは、目にあまる者として、蔑《さげす》んだり嫉《ねた》んだりなさる。同じ格、あるいは、さらに低い更衣たちは、女御がた以上に気が気でない。朝晩のお勤めにつけても、皆に気をもませ、恨みを受ける事が、積り積ったせいだったろうか、ひどく病弱になってしまい、どこか頼りなげに里さがりが続くのだが、主上《おかみ》はますますたまらなく不憫《ふびん》な者とお思いで、誰の非難をもお構いあそばすお心もなく、のちのちの例にもなると思われるほどの、あそばさ

ものに思ほして、人のそしりをもえはゞからせ給はず、世のためしにもなりぬべき御もてなしなり。かんだちめ、うへ人なども、あいなく目をそばめつゝ、いとまばゆき人の御おぼえなり。もろこしにも、かゝる事の起こりにこそ、世も乱れ、あしかりけれ、と、やう〳〵、あめのしたにも、あぢきなう、人のもてなやみぐさになりて、楊貴妃《やうきひ》のためしも、ひきいでつべくなりゆくに、いとはしたなきこと多かれど、かたじけなき御心ばへのたぐひなきを頼みにてまじらひ給ふ。

父の大納言はなくなりて、母北《きた》の方《かた》なむ、いにしへの人の由《よし》あるにて、親うち具《ぐ》し、さしあたりて世のおぼえ花やかなる御かた〴〵にもいたう劣らず、なにごとの儀式をももてなし給ひけれど、とりたててはか

れようである。上達部《かんだちめ》や殿上人《てんじようびと》、その他の者までが横目でにらむありさま、実に見ていられないご寵愛ぶりである。「大陸《あちら》でも、こんな原因でもって、国も乱れ、困ったこともあったのだ」と、しだいに、国中でも、いやなことに、皆の苦労の種《たね》となって、楊貴妃《ようきひ》の例まで引合いに出しかねないほどになってゆくので、たまらない思いがする事が多いけれども、恐れ多いご愛情の、またとないほどなのを、頼みにして、後宮生活を続けていられる。

父の大納言はなくなって、母である大納言の北の方、この方が旧家の出の趣味人で、――両親そろって、現在花やかにしていられるおん方々にも見劣りせぬ程度に――どのような儀式を

ぐしきうしろみしなければ、ことある時は、なほよりどころなく心細げなり。

もおまかないなさるけれども、これという、しっかりした後楯《うしろだて》というものがないものだから、大事な時には、やはりたよるあてもなく心細げである。

万葉集

『万葉集』は現存最古の和歌集で、書名は「多くの言の葉を集めたもの」を意味し、古くは仁徳天皇の后の磐姫《いわのひめ》（四世紀）や雄略天皇（五世紀？）の歌から奈良時代にかけて詠まれた約四千五百首が全二十巻に収められている。

歌の作者は天皇から名もない庶民まで、あらゆる階層に及ぶ。確かな成立年代も編者も不明だが、順次に編集されたものを大伴家持（七一七？〜七八五年）が最終的に整えたと考えられている。

おもな歌人は額田王（飛鳥時代の天武天皇の妃）・柿本人麻呂（七〜八世紀）・高市黒人《たけちのくろひと》（飛鳥時代から奈良時代にかけての官人）・山上憶良（六六〇〜七三三年？）・大伴旅人（六六五〜七三一年）・山部赤人（？〜七三六年？）などである。

歌の形式には短歌、長歌、旋頭歌《せどうか》がある。

短歌は五・七・五・七・七音、長歌は五・七・五・七とつなげ、最後は短歌形式の返歌で締めくくる。旋頭歌は五・七・七を二度繰り返す。また歌の内容から、相聞歌《そうもんか》（恋の歌）・挽歌（哀悼の歌）・雑歌（旅や四季などの歌）に大別される。

『万葉集』は和語が一音ずつ漢字で表音され、いわゆる「万葉仮名」で書かれている。その漢字はカタカナ、ひらがなのもとになった。

Ｉ　背中の後ろを流れる霊

『万葉集』の編纂者は、『古今和歌集』や『千載和歌集』の編纂者たちとは、言葉にたいして、だいぶ違った感覚をいだいていたようだ。後世の和歌集は、これは現代風の歌集ですよとか、すぐれものをピックアウトしました、というような、いまでも通用するような編集者の感覚で、歌を集めている。ところが、『万葉集』の場合はそうではなく、言葉というものにたいする深いマジカルな「はじまりの感覚」が、潜在している。近代人が「万葉ぶり」などといって詠んだ歌が、なかなか古代の『万葉集』に届かなかった理由は、どうもそのへんにありそうだ。

歌というのは、言葉をもって編まれ、言葉によってつくりだされたものであるという事実にたいする、深い驚きが、そこには生きている。もっというと、人間は言葉というものを、こんなふうに整えることができて、こんなふうに整えてみると、それは不思議な力を帯びはじめる、言葉は人が語りだすものだけれど、うまくするとそれは宇宙的な性質を帯びることにさえなる、という驚きの感覚が、『万葉集』には、生き生きと残されている。『万葉集』というタイトルは、だからたんに同時代に知られていた歌を集めた、というよりも、歌にこめられたそういう不思議な力を、一冊に集めてみた、という生々しい意味を持っていたように、感じられるのだ。

その言語感覚は、「言霊《ことだま》」という言葉に、凝集してみることができる。言葉はたんなる、人と人とのコミュニケーションの道具ではなく、もっと不思議な霊力をそなえている。言葉は、それ自身が霊力を持っているのだ。そのために、この歌集におさめられた歌を詠んでいる人々が生きていた世界では、誰もが言葉というものを、いまでは考えられないような丁寧さや繊細さをもって、とりあつかっていたのである。

とくに、柿本人麻呂はそのことを強く意識していたようだ。彼は直接に「言霊」を主題にした歌をつくっている。

磯城島《しきしま》の日本《やまと》の国は言霊の幸《さき》はふ国ぞま幸《さき》くありこそ
言霊の八十《やそ》の衢《ちまた》に夕占《ゆふけ》問《と》ふ占正《うらまさ》に告《の》る妹《いも》はあひ寄《よ》らむ

これらの歌では、ふたつの点が注目される。ひとつは、同じ「ことだま」が、『万葉集』の中で、「言霊」と「事霊」という、ふたつの表記法であらわされているということだ。これは、言葉で言うこと、言われたことである「言」と、なされること、実現したことである「事」とが、同じ「霊」というものの影響下にある、という考えがあったことを、しめしている。もうひとつは、この「ことだま」が、「幸《さき》はふ」とか「ま幸《さき》く」とか「八十《やそ》の衢《ちまた》」とかの言葉に関係を持っている。つまり「ことだま」は、充溢、多様、増殖、豊かさなどの感覚に結びついているらしい、ということである。霊の力は、言と事に影響をあたえ、この世の富や幸や生命を、増殖させることができるのだ。

　このふたつの歌には、世界の背後にあって、あるいは世界をつらぬいて動き、流れているものの実在が、生々しく感じとられていることがわかる。「たま」という言葉で表現される「なにか」が、「さきはふ」ようにして、この世を覆いつくし、つらぬきながら、流動しつづけている感覚である。その流動体は、ときどきたちどまっては、この世にさまざまな現象（事）をつくりだし、人の心を動かして、言語の現象（言）となって、世界にあらわれる。そして、その「なにか」が流動しつづけているときには、人の共同体には豊かななごやかさが、もたらされるのだ。霊は流動しつつ、あらゆるものに、変態をとげていく。だから、霊が活発に動いていくときには、人の世界には豊かで多様な、現象や生命や物が出現してくることになる。『万葉集』の詩人たちが意識していた、「日本」という言語の共同体は、そういう「たま」の充ち溢れた世界だったのである。

歌の発生も、この流れ、動く「なにもの」かの実在感と、深く関係している。事や言の中には、流動する霊の力がこめられている。しかし、事も言も、そのままではどんよりと固まって、動きを失ったものに変化していってしまう。事がたんなる過去のありふれた記憶になってしまったり、言が精彩や驚きを欠いた日常の言葉になっていくと、その中にこめられていた流動する力も、こわばって動かなくなってしまう。『万葉集』の時代の日本人は、そんなふうにして世界が動きをなくしていくことを、恐れていた。この世の豊かさや幸いは、霊が大いなる循環をおこない、宇宙の中を循環していくときに、はじめてもたらされてくるものだからだ。霊に流動をとりもどさせる必要がある。霊を揺すり、霊を励まして、偉大なる循環が立ちおこらなければならない。

そこで、事と言における、さまざまな古代的な「定式」というものが、発生してくることになったのである。定式というのは、リズムの別名だ。空間や時間の感覚を、同じ周期で刻んで、それを反復させることの中から、定式は生まれる。身体の動きに定式をあたえれば、そこにはダンスが生まれる。言葉の流れを定式化すると、韻律が生まれる。事と言とに、こうして歌が発生することになる。リズムをもった身体は、事にこめられている霊の力に、動きと流動をとりもどさせる。歌の韻律は、言葉の中でかじかんでいた「言霊」を揺すり起こして、ふたたびそれを、流動する宇宙的な

「なにもの」かに、合流させていく。踊る身体や、韻律をもった言葉は、定式の力をかりて、「ことだま」を流動化させようとしている。そして、それが実現すると、宇宙的な霊が循環をおこして、生命の増殖やもろもろの幸いが、人の世界にあらわれてくるようになるのである。

このような古代人の考え方は、現代の私たちのものの考え方とは、まったくつながりがないようにも思える。言語の魔力が、現実の世界を変化させたり、よい歌がたくさん生まれると、それだけ世界には幸いが実現されるだろう、などという考えを、現代人はもうまともに受け取らなくなっている。呪術や宗教なんかが、人間の世界を豊かに幸せにしたりするわけがない、物質的な富や豊かさは、合理的な思考法と生き方だけが、もたらしてくれる、と考えて、現代人は『万葉集』を、たんなる過去の文化財として、あつかおうとしている。だが、もっとよく考えてみると、古代の「ことだま」思想と、現代の市場経済社会の原理とのあいだには、じつは驚くほどの類似性が、存在しているのだ。

古代人にとって、霊はいわば「無の流動体」として、考えられている。この「無」は、あらゆるものに、変態することができる。そして、あらゆるものに変態しながら、それはいっさいの「有」をつくりだすのである。無定形で、あらゆる現実の事と言に姿をかえていくという、この「霊」は、驚くほど私たちの「貨幣」に似てはいないだろうか。貨幣もそれ自体としては、「無形の流動体」にほかならない。そのかわり、それはこの商品社会の中で、ありとあらゆるものに、姿をかえることができるのだ。いや、むしろ、そうやって姿をかえ、みずからを変態していくたびに、貨幣は自己を実現していく。貨幣は交換されるたびごとに、別の商品に姿を変えていく。そして、その変態が社会の全域において、活発におこなわれていると、私たちの世界は、それを豊かさの実現としてとらえるのだ。

古代人のことを、霊による資本主義者と呼ぶべきなのか、現代人のことを、貨幣による言霊主義者と呼ぶべきなのか、いずれにしても、ふたつの異なる世界は、豊かさや幸福ということに関して、きわめて似かよった思考方法を、愛好しているのだ、ということがわかる。どちちの世界も、自分たちが生きている世界の背後に、流動する「なにもの」かの実在を感じとっているのだ。『万葉集』の世界では、その「なにもの」かは、目に見ることのできない、また手につかんで確かめることもできない「霊力」として、とらえられていた。その霊が人の世界に豊かさや幸いをあたえているのだから、人々は正しい定式をもった生き方や表現が、大切だと感じていたのである。

現代人も、自分たちの生きている世界が、地球的な規模で流動しつつある「なにもの」かの力によって、突き動かされていることを、はっきりと感じとっている。その「なにもの」かは、しかし、そこではそれぞれの貨幣として表現されていて、人々はそれを手でつかむこともできるし、数字として確実に保存したり、貯蔵することもできるようになっている。もっとも貨幣という現代の「言霊」は、まったくの無から発生してきたものではない。それは、もともと有る商品という富の中から、発生してきたものだ。つまり、それは「有」の中から発生してきた、偽りの「無」にほかならない。この偽りの「無」が、市場システムの中を、流動していきながら、いたるところで物質的な変態をおこしていく、そのプロセスが活発に活動しているとき、現代人は生活の豊かさや確実さを、実感していくことになる。そして、そこでは不思議なことに、歌の力は確実に失われていくのである。

人間は、たかが千年くらいでは、たいして変化しない。言霊の実感に生きる『万葉集』の詩人たちの思考法と、貨幣の魔力とともに生きる私たちの世界の間には、そう思われているほどの違いはない。それくらい思い切ってみることによって、私たちは『万葉集』の中に、未知の豊穣を発見することができるかもしれないのである。

II　越境するポイエーシス

「ポエム」という言葉の原形になった、古代ギリシャ語の「ポイエーシス」は、もともと「何かが、立ち―あらわれて―来る」という意味を持っていた。それまでは隠されていた何ものかが、自然のうながしや人の技によって、存在の世界の中に立ちあらわれてくる。冬枯れの植物の中に、隠されてあったものが、春の訪れとともに、みずみずしい芽吹きや花の開きとなって、自分をあらわにしめす時が来る。自然はそのようなポイエーシスを本質としている。そして、人の作る詩歌の本質もまたポイエーシスなのである。隠されてあったものを、あらわに立ちあらわれさせるための言葉の技、それがポエムであるからだ。

だから、世界中いたるところで、詩の発生の現場には、いつも恋の現象が、いっしょに立ち会ってきたのである。恋は人の心の見えない奥で生まれる。はじめそれは隠されていたもので、その恋心が表にあらわになるとき、人々の心には驚きや興奮が生まれる。恋はポイエーシスの現象そのものなのである。そのために、詩と恋とは切っても切れない関係にある。

これについては日本人の場合も、例外ではなかった。恋をうたうことから、ここでもたくさんの歌謡や詩が生まれてきている。そして、そのことはとりわけ、『万葉集』の第十巻から第十四巻にかけて収められている、東国の民謡的な詩歌謡の中に、むきだしの純粋さであらわれている。たとえば、こんな詩だ。

伊香保ろの　やさかのゐでに　立つ虹《のじ》の　現《あら》はろまでも　さ寝《ね》をさ寝《ね》てば

伊香保地方の八尺《やさか》の堰所に立つ虹それではないが、露骨に人目につくまでも、寝さへしたならば、人に知られても、後悔はない。〔折口信夫訳〕

この歌謡では、虹と恋とが比喩で結ばれている。虹はこの時代の人々には、台地の強度の象徴「蛇の精《ぬじ》」の化身である、と考えられていた。それはいつもは、大地深くに、隠れ潜んでいる。ところが、雨上がりの晴れた空や、大きな滝の壺などでは、この大地に隠れ潜むものの力が、虹の光彩となって、空中に立ち上がる現象がおこるのである。虹が「立つ」のだ。このとき、自然のポイエーシス的本質は、空中高くに、みずからあらわにする。そういう虹のように、私の恋も、あらわに露出したとしてもかまいはしない、だから私と寝てください、とこの歌謡は歌いだしている。

蛇はこの時代、エロティックな力の象徴であった。その蛇が、七色に光彩を放つ虹の姿をとって、空に立つことと、身体深くに隠されたままでいたエロティックな欲望が、性愛のつながりの露出によって、人々の関心の前にあらわになることとが、ここではひとつに結ばれている。こういう表現は、民俗的な世界を背景にした、東国歌謡のようなものでないと、めったには生まれない。そこでは、詩や歌謡は、まず「立ち—あらわれるもの」として、虹や人の恋路と同じように、興味をかき立てて、人々を創作にかり立てていたのだ。

また、別の歌謡。

武蔵野《むざしの》に　占部《うらへ》かた焼き　まさでにも　告《の》らぬ君が名　占《うら》に出《で》にけり

武蔵野法で占い卜象を灼き出す、それではないが、口に出さないあの人の名がまざまざと表面に露れて、人に悟られたことだ。〔同訳〕

ここでも、恋はその露出の力によって、歌謡を生み出す原動力となっている。山の地方の占い法である「武蔵野法」は、動物の肩甲骨を焼いておこなう。その骨の表面に浮かび上がって神意を知らせるヒビのように、恋人の名前が人に知られるところとなってしまった、というのだ。占いは、人間界を越え出たものの世界の声や意志を、なるべく人為の要素が入り込まない状態のままに、人がひそかに聞き取ろうとしてつくりだした、ポイエーシスの技術である。それは、人間と自然（神）の中間に立って、いまだ隠されてあるもの（それが神意と呼ばれるものだ）を、あらわなかたちに出現させようとする。そういう占いと同じではないが、恋はひとつのポイエーシス現象として、占いと同じ本質を持っている、という認識が、この歌の背景にはある。

たしかに動物の世界においても、恋は露出の本質を持っている。マントヒヒの真っ赤なお尻も、孔雀のあの見事な羽根も、自分の体内にみちあふれる生命の欲望を、外の世界に向かってあらわに押し立てるためのものだ。それは、隠されていたものを、あらわにする。人間の場合には、そこに社会というものが入り込んできて、多少事情は複雑になっているが、恋はそれでもやっぱり露呈に向かう深い欲望をはらんでいる。見えなかったものから見えるものへ、隠されていたものからあらわなものへ、露出の現象は、つねに何かのかたちの「越境」を実現しているのである。自然界のしめすポイエーシスとは、ひとつの越境なのだ。そのために植物の内部からは、見えない形態形成場をとおして、なにかの力が越境へ向かい、ついには見える芽や花となって、この世に立ちあらわれるのである。虹が立つことも、ひとつの越境である。大地にひそむ見えない蛇が、空中に越境をおこなって、空に鮮やかな色彩現象となって、みずからをあらわにしているのであるから。占いもまた、ひとつの越境だ。そこでは、神の心が、動物の肩甲骨や亀の甲羅のひび割れをとおして、人間の言葉の世界に、越境を果たしているのである。そしてなによりも、恋は人の心をときめかせる、越境の現象にほかならない。生命にやどる見えないエロスの力が、外に向かって立ちあらわれようとする、その発露の力動に、恋人たちは身をゆだねるのだ。身体の奥深くに目覚めたその力動が、人間の社会性のレヴェルに到達するまでの、長いプロセスのすべてにわたって、恋の現象はひとつのポイエーシスであり、越境なのである。

こうして私たちは、歌謡や詩をつくりあげている、もっとも重要な構造要素、比喩の本質の理解にたどりつくのである。喩（比喩）は越境する本質を持っているのだ。比喩は意味の世界に、異質な領域への越境の通路をつくりだす力を持っている。比喩をとおして、人間と自然とのあいだに、ひとつの連続がつくりだされてしまう、おもしろさや危うさの感覚から、古代歌謡の多くは生まれてきている。

武蔵野の　をぐきが雉《きぎし》　立ち別れ　去《い》にし夕《よひ》より　背《せ》ろに逢はなふよ

この歌について、折口信夫は次のようなコメントを書きつけている。「動物と人間の間のことを、比喩をもって繋ぎ、そこにおこる混乱・融合が、後世の叙情詩の見方からは、何とも言へぬあはれを唆る。だが、当時は、縁語はもっと機械的に感じたかも知れない」（『東歌疏』）。ここで、折口信夫は、古代的な比喩用法の持つ「機械的」

な性質を、指摘している。たしかに、『万葉集』東歌や『柿本人麻呂歌集』との共通歌などには、彼が言うような比喩の機械的なまでにダイナミックな性質というのが、よくあらわれているのである。

上野《かみつけの》　伊香保の沼《ぬま》に　植ゑ小水葱《こなぎ》　かく恋ひむとや種求めけむ

上野よ。その伊香保の沼なる植小水葱それではないが、自分で焦がれようと思って種を求めて、それでこんなに焦がれているのだろうよ。〔同訳〕

小水葱の樹液からは、布によく付着してなかなか落ちない、よい紫の染料が取れる。植物がそなえているその付着力が、この歌謡では恋の縁語になっているのだ。比喩は、エロスの衝動をかかえた人間を、雉や小水葱や猪や麻などと、結びつけてしまう。そのとき、人の心と自然とのあいだに、ひとつの連続の通路が穿《うが》たれて、この世界をつくりあげている異質な力の移動や結合がおこるのだ。しかも、『万葉集』の第十巻から第十四巻に収録された歌謡では、この比喩の通路をとおして、人の心に流れ込んでくるものが、なまなましいほどの物質性をそなえた自然なのである。後世の叙情のような感情の要素が混入していない、この物質性、この機械性こそが、これらの歌謡詩の比喩に、すばらしい力をあたえている。人間から動物植物の世界へ、また逆に、動物植物の世界から人の心に、異質な力の行き来がおこっている。何かが、これらの比喩をとおして、越境をおこしているのだ。

そして、その越境がおこっている境界面で、何かが「立ち—あらわれ」てくる。この地点で、隠れていたものの露呈がおこり、人は自分自身がひとつの「自然（ピュシス）」であるという本質をとりもどす。だから、これらの野性的な歌謡群の守護者に「柿本人麻呂」の名前が冠されたことには、深い意味がこめられているのである。なぜなら、この神秘的な詩人は、別名「地境を放浪する者たち」とも、呼ばれていたからである。

Ⅲ　ある「終わり」をめぐる歌

大伴旅人・家持父子の先祖は、天皇がまだふつうには大君と呼ばれていた頃の、その天皇に直属する戦士集団の長をつとめていた。その頃の戦士は、神話的にも現実的にも、王権の重要な構成要素になっていたのである。王権は、政治と宗教の両方をコントロールしながら、共同体を動かし、それをひとつの空間的なひろがりを持ったものとして、機能させる働きをしていた。そして、その空間としての共同体を、外敵や内側から発生する異和から守って、維持させるために、戦士集団はたいへんな活躍をしていたのだ。

ところが、その戦士集団も、律令制度と呼ばれる、新しい国家体制ができあがってくると、なんとなく影が薄くなった、と感じられるようになってきたのである。旅人と家持の父子が、『万葉集』の編纂にたずさわるようになった八世紀も後半になると、家持が自分の一族の者にむかって、おいもう少し元気を出せよ、われわれは誉れある大王の戦士集団の末裔じゃないか、という激励の歌をつくって、はげまさなければならないほどに、大伴の一族はすっかり覇気を失ってしまっていたらしい。

律令の世界の中では、戦士はもはや戦士として生きられない。それはいまや、がっしりとできあがった官僚機構のひとつの部品に組み込まれて、いわば大地との直接的な接触を失ってしまったのである。大王の時代には、王の権力は大地の生産する力と、宇宙を秩序づける天を、直接ひとつに結び合わせていた。そして、戦士はその大王と一体になって、内と外にあるさまざまな力と直接にわたりあい、戦い抜いてきた。その直接性が、大伴一族のような人々に生きがいをあたえてきた。だが、律令制は、そのような直接性を、王権のすべての領域から取り除くために、つくられたものなのだ。権力をかたちづくる、いろいろな種類の力は、そこではすべてが階層化され、間接的なクッションを通過したものでなければ、合法的として認められることがないようになってしまった。こういうあらゆるものが媒介を通さなくては触れ合わないような世界では、たしかに、大伴一族のような人々が元気を失ってくるのは、とうぜんのことである。

自然なものとの間に、さまざまな種類の媒介を挿入するというのが、この当時には「文明的」なことのように見えていたのである。生のままの自然には直接に触れ合わないで、それとの間に、ちょっと距離をおいて、他の人を立てたり、別の新しい機構などを挿入して、それを観照できる場所に立つことができる人というのが、この中国人発案の政治制度が、理想とした人間像だ。そして、列島上に出現した、この新しいタイプの文明人たちは、「和歌」というものを詠むのである。

古代の村で「歌垣」のおこなわれている光景を、わたしたちは想像する。集落のあるあたりから少し離れた、河岸の台地の草原で、若い男女が集まって、楽器の奏でる単純な音楽にあわせて、歌をうたっている。男のグループは一列になって、やはり同じように一列に横並びした女のグループと、向き合っている。前に進み出た男たちが歌う。

家聞《き》かな　家告《の》らさね
名聞かな　名告らさね。

今度は女たちの番だ。彼女たちも、やっぱり音楽に合わせて歌いながら、前に進み出て同じ質問をする。「すてきなあなた、教えて、家はどこなの、名前はなんなの」。何度も何度も反復される問いの応酬。緊張はしだいにほぐれて、ひょっとした拍子に、いっせいに笑いが爆発する。そのうちに、気のあった者同士が、たがいに熱いまなざしを交わし合うようになり、カップルになって、列を抜け出して、近くの草むらに消えていく。そこでは、歌謡は観照のために距離をつくりだすためではなく、むしろ、はにかみやすい若い男女の間から、じゃまな距離をなくしていくために、音楽とともに歌われ、踊られるものだった。

この性愛のムードにみちた歌謡が、和歌に変容していくとき、何がおこるか。距離が発生するのである。『万葉集』巻頭の有名な歌を例にとろう。

籠《こ》もよ　み籠《こ》持ち／掘串《ふくし》もよ　み掘串持ち／この丘に　菜摘ます子／家聞かな　名告らさね／そらみつ　大和の国は／おしなべて　我こそをれ／しきなべて　我こそをれ／われこそは　告らめ／家をも名をも

「家聞かな　家告らさね／名聞かな　名告らさね」の反復が、「家聞かな　名告らさね」に変形されるとき、当事者たちには、急にあたりの状況がはっきりと見えるように感じられるから不思議である。体を動かしながら、単調なリズムに身をゆだねて、みんなといっしょに踊っているときには、自分が何か目に見えない渦のようなものの中に巻き込まれているように、感じられていた。状況は自分の運動する体とともに「つくる」ものではあっても、けっしてそれは外から「見るもの」などではなかった。だいいち、そんな厭味なクールな態度をとっていたりしたら、けっして恋のゲームの勝利者となることなんかは、できっこないだろう。

ところが、そのリズムへの巻き込みから身を離して、その場の出来事を、ひとつの光景として外から見ていようという意識が生まれたとたんに、エロスへの呼びかけは「家聞かな　名告らさね」というロゴスの表現へと、変容をとげていく。たがいの距離をなくしてしまいたい、という欲望につき動かされていた場所には、それを視覚のための絵画のようなものにつくりかえるための、距離が生まれてくる。興奮は風情に変貌をとげ、巻き込みは観照へと鎮静していく。

こうして考えてみると、律令の制度とともに生まれた、新しい国家の建設へと高揚する人々の理念と、この和歌というものとの間には、深い構造的な共通性があるようだ、ということがわかってくる。律令は、それ以前の大王の権力がそなえていた直接性をつくりかえて、そこに階層化された媒介のためのシステムをつくりだそうとした。そこでは、どんな力も、何かの人や機構に媒介化されなければ、直接には結びつくことはできなくなる。官僚の制度特有のしちめんどうくささの代償として、権力はちょっとした力関係の変化によってはビクともしない、堅固な安定を手に入れることになるのだ。

共同体の歌謡が和歌に変貌をとげるときにも、同じようなことがおこった。和歌は、この列島上に、インテリないし文化人なるものをつくったのである。文化人は、自然の活動に、直接には触れ合うことがない。気象や動植物の生育や、人間の身体や、それが発動する戦闘する力は、いっさいを媒介化していく、整備されたさまざまな機構を通してしか、彼にはおよんでこない。離れているものを結びあわせる音楽のエロスよりも、自分と世界との間に距離を挿入する、視覚的な想像力のほうが、ずっと重要視されるようになる。和歌は、自然に生起することを知的に支配することを可能にする。そして、その支配のやり方が、いかにもエレガントで、そこに権力の関係などが発生していることを感じさせないほどにすぐれたものであるときに、その和歌の優雅さは称賛される。

そのような和歌が、律令国家への理念とともに衰退に向かっていく時代に、大王の戦士集団の末裔から、大伴家持は出たのだ。一族の者は、すっかり元気を失っていた。力の直接的作動を否定する律令の体制が、かつての戦士たちを、去勢し果てていたからだ。その一族から出た家持は、せめて理念だけは高々と持って、誇り高く、われわれは生きようではないかと、勇壮なる和歌によって、一族の者を鼓舞しようとする。

なんという矛盾だろう。戦士は、世界が風景につくりかえられていくとき、みずからの根拠と覇気を失っていく存在だ。すべての力を媒介して支配する律令制度の中では、彼らはゆっくりと衰退に向かっていく。その衰微していく戦士の家系に出た家持が、和歌によって、失われていく精神の復活を、必死にうながそうとしている。文化人なるものをつくりだす運動は、ついに大伴家持のような人物を、この国に生み出した。その全存在が矛盾によってつくられ、しかもその矛盾を、悲哀につくりかえることによって、優雅さを保ちつづけようとする能力を持った人間だ。虚無の風にさらされながら、それを悲哀の感情に昇華させてしまうのだ。

『万葉集』は、大伴家持にいたって、その生命のサイクルを閉じる。律令国家の出現とともにおこった、精神の世界の変容が生み出した和歌なるものは、この巨大な媒介のための機構が解体して、大地との間に新しい直接性の関係がつくりだされるとき、もう一度、今度は『新古今集』となって生まれ直すことになるだろう。その新しい直接性の政治機構、つまりは武士の時代になってつくられることになる別のタイプの和歌の、現実の祖父にあたるのが大伴家持の作品だが、その彼が最後まで、自分は戦士の末裔であるという強い意識を保ちつづけていたことには、ひどく暗示的なものを感じる。

天皇《すめらみこと》の歌、ほか

天皇《すめらみこと》、香具山《かぐやま》に登りて国を望《み》たまふ時の御製歌

大和《やまと》には　群山《むらやま》あれど　とりよろふ　天《あめ》の香具山　登り立ち　国見《くにみ》をすれば　国原《くにはら》は　煙《けぶり》立ち立つ　海原《うなはら》は　鷗《かまめ》立ち立つ　うまし国ぞ　蜻蛉島《あきづしま》　大和の国は

*

東《ひむがし》の野にはかぎろひ立つ見えてかへり見すれば月かたぶきぬ

*

磐姫《いはのひめのおほきさき》皇后、天皇《すめらみこと》を思《しの》ひて作らす歌

天皇が香具山に登って国見をされた時のお歌

大和には群がる山々があるけれども、中でも精霊のとりわけ神々しくよりつく天の香具山、この山の頂きに出で立って国見をすると、国原にはけむりが盛んに立ちのぼっている。海原にはかもめが盛んに飛び立っている。ああよい国だ。蜻蛉《あきず》島大和の国は。

*

東の野辺《のべ》には曙《あけぼの》の光がさしそめて、振り返って見ると、月は西空に傾いている。

*

磐姫皇后が仁徳天皇を思って作られた歌

あの方のお出ましは随分日数が経ったのにまだお帰りにならない。山を踏みわけてお迎えに行

君が行き日長《け》くなりぬ山尋《やまたづ》ね迎へか行かむ待ちにか待たむ

＊

大津皇子《おほつのみこ》、竊《ひそ》かに伊勢の神宮《かむみや》に下《くだ》りて、上《のぼ》り来《く》る時に、大伯皇女《おほくのひめみこ》の作らす歌

我《わ》が背子《せこ》を大和《やまと》へ遣《や》るとさ夜更《よふ》けて暁露《あかつきつゆ》に我が立ち濡《ぬ》れし

＊

山部宿禰赤人《やまべのすくねあかひと》、富士《ふじ》の山《やま》を望《み》る歌一首幷《あは》せて短歌

天地《あめつち》の　分《わか》れし時ゆ　神《かむ》さびて　高く貴《たふと》き　駿河《するが》なる
富士の高嶺《たかね》を　天《あま》の原《はら》　振《ふ》り放《さ》け見れば　渡る日の
影《かげ》も隠《かく》らひ　照る月の　光も見えず　白雲《しらくも》も　い行き
はばかり　時じくぞ　雪は降りける　語り告《つ》げ　言ひ

こうか。それともこのままじっと待ちつづけようか。

＊

大津皇子がひそかに伊勢神宮に下り、帰ってくる時に、大伯皇女が作られた歌

わが弟を大和へ送り帰さなければならぬと、夜も更けて朝方近くまで立ちつくし、暁の露に私はしとどに濡れた。

＊

山部宿禰赤人が、富士山を遠く見やって作った歌一首と短歌

天と地の相分かれた神代の時から、神々しく高く貴い駿河の富士の高嶺を、大空はるかに振り仰いで見ると、空を渡る日も隠れ、照る月の光も見えず、白雪も行き滞り、時となくいつも雪は降り積もっている。ああ、ま

継ぎ行かむ　富士の高嶺は

反歌

田子《たご》の浦ゆうち出《い》でて見れば真白《ましろ》にぞ富士の高嶺に雪は降りける

だ見たことのない人に語り聞かせ、のちのちまでも言い継いでゆこう。この神々しい富士の高嶺は。

反歌

田子の浦をうち出て見ると、おお、なんと、真っ白に富士の高嶺に雪が降り積もっている。

新古今和歌集

平安時代から室町時代にかけて天皇や上皇の命によって編纂《へんさん》され、奏上された勅撰和歌集が二十一ある。その最初が『古今和歌集』（九〇五年）、最後が『新続古今和歌集』（一四三九年）。『新古今和歌集』は初期の八集、すなわち八代集の最後である。

『新古今和歌集』は後鳥羽上皇の勅によって源通具《みちとも》・六条有家・藤原定家・藤原家隆・飛鳥井雅経・寂蓮の六人を撰者とし、建仁元年（一二〇一）に編纂のための和歌所を設置、元久二年（一二〇五）に完成の宴が催されたが、建保四年（一二一六）まで補訂が続いた。「真名序（漢文の序）」に、まず『万葉集』から採り、これまでの七代集に採られていない和歌より選ぶと記し、時代が古代から中世に移る鎌倉時代初頭に歌人らに好まれた歌が収められている。

巻数は全二十巻。巻第一〜二は「春歌」百七十四首。巻第三は「夏歌」百十首。巻第四〜五は「秋歌」二百六十六首。巻第六は「冬歌」百五十六首。巻第七は「賀歌」五十首。巻第八は「哀傷歌」百首。巻第九は「離別歌」三十九首。巻第十は「羇旅《きりょ》歌」九十四首。巻第十一〜十五は「恋歌」四百四十六首。巻第十六〜十八は「雑歌」四百十六首。巻第十九は「神祇歌」六十四首。巻第二十は「釈教歌」六十三首で、計千九百七十八首が収められている。多く採られている上位五人は西行（九十五首）、慈円（九十一首）、藤原良経（七十九首）、藤原俊成（七十二首）、式子内親王（四十九首）で、平安末から鎌倉初期にかけての歌人である。

幽玄の神秘主義

『新古今和歌集』の頃になると、日本人の意識は、空間というものを、じつに軽々と操作できるまでになっている。空間の一部分を、切り取ったり、貼りつけたり、別のものと重ね合せたりして、空間をたくみに編集できるようになっている。しかも、その空間編集の作業は、みんな言葉だけをつかって、おこなわれているのである。

たとえば、つぎの二つの歌を、較べてみよう。

石走《いはばし》る垂水《たるみ》の上《うへ》のさわらびの萌《も》え出《い》づる春になりにけるかも　志貴皇子（万葉・八・一四一八）

梅の花にほひをうつす袖《そで》の上《うへ》に軒漏《のきも》る月の影《かげ》ぞあらそふ　藤原定家（新古今・春上）

二つの歌は、同じ日本の春の情景を歌っている。しかし、空間というものを、対極的なやり方で扱っているのである。『万葉集』の歌人が歌っているのは、景観としての自然ではなく、自然の奥に隠されてあって、春にはそれが一瞬みずからをあらわにしめしてみせる、そういう見えない内奥の自然だ。清流をほとばしらせる落水とか、水しぶきに洗われて、みずみずしい緑を輝かせているわらびのような、視覚化されているものの内奥に、この古代歌人は、春になるとあらわにみずからを出現させてみせる、自然の生命のほとばしりを発見している。

その自然は、視覚化されたものではない。万葉時代の日本人にとって、「自然」という言葉は、景観としての自然の内奥に隠されている、目に見えない生命的な動きのことをさしているのである。空間化され、実体化された自然の奥に、そうした動きを感知できる能力が、こういう歌をつくりだしている。しかし、そのとき、万葉歌人の意識は、そういう「自然」を対象化したり、うまく操作して、編集したりすることはしていない。歌が発生してきたとき、歌人の意識の運動は、ほとばしり、生命に輝きわたる「自然」の動きに、巻き込まれてしまっている。そのために、ここでは自然は、言葉が自在に操作できるものなどではなかったのだ。

ところが、『新古今和歌集』の頃になると、自然はもっと意識によってとりあつかうことのたやすいものに、つくりかえられている。じっさい、ここにとりあげた定家の歌にでてくる自然は、はじめから空間化され、視覚化されている。「梅の花」の実在は、まず「にほひ」として、臭覚の空間に抽象化される。そして、その「にほひ」

が「袖の上」に付着することによって、「梅の花」はふたたび、視覚の空間のなかに定着させられるのである。そこへ、月の光という、これまた視覚化された現象が、重なりあう。「月の影」は軒を漏れながら、袖口に射し込み、そこで臭覚に抽象化された「梅の花」と、たがいに春を競い合うのだ。

ここではきわめて複雑なことがおこっているように見えるが、そのすべてが、空間化されたイメージの、巧妙で、軽々とした操作によってつくられていることに、私たちは感心してしまうのだ。「梅の花」といっても、自然の内奥にある、目に見えない動きのことが問題になっているわけではない。目に見えない内奥の自然は、『新古今』の時代には、はじめから視覚化され、空間化されたものとして、人々に意識されている。五感に働いているものを抽象化して、空間化するための、意識と言葉の技術が、その視覚化された自然に追いついてきたところで、『新古今』のようなものは、はじめて成立することができたのである。

そうなると、「自然」は『万葉集』の頃に較べれば、ずっとたやすく扱うことのできるものに変化する。はじめから対象化され、空間化され、視覚化されているから、そのイメージをカットしたり、コピーしたり、ペーストしたりして、ちょうどいまのデザイナーたちがオブジェの色や形をあつかっているのと同じようなやり方で、自然は操作され、編集できるものになる。歌を詠む意識は、渦を巻いているような目に見えない「自然」の動きに巻き込まれ、その巻き込みの動きのなかから、流動にみちた歌が発生してくるのではなく、ここでは、歌は巧妙をつくした、一種の言葉の編集作業としてつくられている。

『新古今』を特徴づけている「幽玄」の神秘主義は、じつは、この言葉による空間化のプロセスと、深いつながりを持っているのである。じっさい、『万葉集』には、神秘主義というものは、必要がないのである。人々が、目に見えない自然の内奥に動くものを、直観的につかむことができて、しかも自分の意識をその動きと一体化させながら、歌を発生させていくことができるのならば、別にそこには神秘などというものは、なくてもかまわない。存在がそのまま神秘で、神秘がそのままで存在であるような世界では、とりたてて「神秘主義」などというものを、考える必要がない。

ところが、『古今集』から『新古今集』へと、歌をつくる日本人の意識が変化してくるにつれて、その目に見えない内奥の自然は、はじめから空間化され、視覚化されたものとして、人々の前にたちあらわれてくるようになったのである。内奥の自然の動きは、視覚的なイメージに移し変えられて、それはただちに視覚効果の強い言葉で、表現できるものに、つくりかえられている。そうなると、自然と人間とのあいだには、距離が発生することになる。視覚化のプロセスによって、日本的ロゴスが働きだすのだ。このロゴスの力をかりて、日本人はしだいに、自分のまわりの自然を操作したり、編集したりすることができるようになった。そのことが、逆に、歌に神秘主義を引き寄せる原因となった。

ロゴスは分離し、距離をつくりだす力を持つ。しかし、歌は対象化され、意識の外側に分離された自然を、自分の内側に引き寄せ、自然と自分とのあいだの距離を、なくしていこうとする意識の中から、つくりだされてくる。つまり、歌というものは、距離をつくりだすロゴスではなく、人と世界を結びつけるエロスの働きにうながされて、生まれるのだ。そこで、『新古今』の歌人たちは、自然を視覚化するロゴスの働きが作りだした世界のただなかに、対象化されたり、距離をもってながめるものにつくりかえられる以前の、人の意識とエロスによって結びあった状態にある自然を、もういちど取り戻そうとして、ついに「幽玄」の美学にたどりついたのである。

そのために、藤原俊成や藤原定家は、ロゴスの働きを持つ視覚的イメージのへりや端の部分に、着目した。視覚化されたイメージを、それだけでくっきりと浮びあがらせるのではなく、そのへりや端の部分から、空間現象ともなんともつかないような、あいまいな「余韻」や「余情」のうちに、意識が溶け込んでいけるような状態を、歌のなかにつくりだしてみることによって、彼らは言葉のエロスとしての歌の機能というものを、もういちどとりもどしてみようとしたのだ。

「幽玄」の神秘主義は、そこから生れた。それは「端《エッジ》の美学」なのだ。ものごとの輪郭が、エッジの部分で、あいまいで多義的な薄明のなかに溶解していく。その溶解への移り変りの様子を、時代のロゴスである視覚的な言葉によって、表現しようとする試みの中から、『新古今』のたくさんのすぐれた歌が、つくりだされてきた。

山里《やまざと》は道もや見えずなりぬらん紅葉《もみぢ》とともに雪の降りぬる　藤原家経（新古今・冬）
桜花《さくらばな》夢かうつつか白雲《しらくも》の絶えてつねなき峰の春風　藤原家隆（新古今・春下）

山道は降り積る雪のために、真っ白な「無」の中に溶け込み、消え去っていく。満開の桜花の下にいるうちに、現実の空間感覚は、どんどん薄れていって、夢と現実の境界が、はっきりしなくなってしまう。『新古今集』の編者たちがすぐれた歌であると認定したものの多くは、このように端の部分から、空間性の失われたあいまいな領域の中に、溶解していってしまう意識が、つくりだしている。歌人たちの多くは、時代のロゴスである視覚化された空間というものを、自分の作歌活動の出発点として認めながら、その空間を端の部分から「無」の中に溶かし込んだり、境界をあいまいにぼかしていくことによって、空間性そのものを、神秘化してしまおうとしているのだ。
このような『新古今集』の美学が、いわゆる「日本的なるもの」のモデルをつくったことは、あきらかである。自然を視覚化し空間化する能力は、こののち日本人の中で、異常な発達をとげることになった。自然の形をたくみに様式化して、デザインの対象につくりかえてしまい、いとも軽々とそのデザイン化された空間を編集してしまう能力は、数百年のちの江戸時代になると、空前絶後の高まりをみせるようになり、西欧芸術とは異なるデザインとしての美術を、この国に花開かせることになった。そして、定家たちがみごとに分析してみせた「幽玄」の空間神秘主義は、はるかのちの『美しい日本の私』のノーベル賞講演にいたるまで、日本人に深い影響をおよぼしつづけている。

しかし、この「日本的なるもの」が、歴史的な起源を持っていることは明らかだ。『新古今』的な神秘主義は、けっしてそのまま日本人の心性の表現ではありえない。「幽玄」の神秘主義は、自然を空間化してとらえるロゴスの、強い影響力のもとにしか、生まれえなかったものであるし、その空間化するロゴス自体が、中世の日本をつくりだした権力や象徴の働きと深いかかわりを持って、かたちづくられてきたものなのである。私たちの心性はいまも、どこかでこの『新古今』的空間を、生きている。

「仮名序」ほか

　春霞立田の山に初花をしのぶより、夏は妻恋ひする神奈備のほととぎす、秋は風に散る葛城《かづらき》の紅葉、冬は白妙の富士の高嶺に雪積もる年の暮まで、みな折にふれたる情なるべし。しかのみならず、高き屋に遠きを望みて民の時を知り、末の露本の雫によそへて人の世を悟り、たまぼこの道のべに別れを慕ひ、天ざかる鄙《ひな》の長路《ながぢ》に都を思ひ、高間の山の雲居のよそなる人を恋ひ、長柄《ながら》の橋の波に朽ちぬる名を惜しみても、心内に動き、言外《ことほか》に表れずといふことなし。いはむや、住吉

　春霞の立つ立田山に初花を思いやることから始まって、夏は妻を恋しがって鳴く神奈備山のほととぎす、秋は風に散る葛城山のもみじ、冬は富士の高嶺に雪が積もる年の暮れまで、詠まれた歌は、みな四季折々に触れて生じた感情の表白であろう。それだけではなく、高殿《たかどの》から遥か遠くを眺めやって国民が豊かになった時を知り、葉末の露や根本の雫に喩えて無常な人の世を悟り、道のほとりに別れる人を慕い、地方からの旅路に都を懐かしく思い、高間山の空のかなたのように手も届かない人を恋し、長柄の橋が波に朽ちるように朽ちてしまう名を惜しむにつけ、感情が人の心の内に動き、

の神は片そぎの言の葉を残し、伝教大師はわが立つ杣の思ひを述べ給へり。かくのごとき知らぬ昔の人の心をも顕はし、行きて見ぬ境の外《ほか》のことをも知るは、ただこの道ならし。

*

守覚法親王家五十首歌に

大空は梅のにほひに霞みつつ曇りもはてぬ春の夜の月

（藤原定家朝臣）

*

釈阿和歌所にて九十賀し侍りし折、屏風に、山に桜咲きたる所を

桜咲く遠山鳥のしだり尾のながながし日もあかぬ色かな

（太上天皇）

それが言葉となって外に表れないということはない。ましてや、住吉明神《すみよしみょうじん》は「夜や寒き」という神詠を遺されたし、伝教大師は根本中堂《こんぽんちゅうどう》建立の際の感懐をお述べになった。このような、直接知らない古人の心をもはっきりさせ、まだ行って見たこともない遠い国のことをも知ることができるのは、ただこの歌道であるらしい。

*

大空は梅の匂いのために霞んでいて、といっても曇りきってもしまわない春の夜のおぼろ月が出ている。

*

桜の咲く遠山、それは山鳥の長く垂れた尾のように、永い永い春のひねもす眺めていても飽きない色だなあ。

＊

ながむればちぢにもの思ふ月にまたわが身ひとつの峰の松風

（鴨長明）

＊

観心をよみ侍りける

闇晴れて心の空に澄む月は西の山辺や近くなるらむ

（西行法師）

＊

じっと見つめるとあれこれと物思う種となる月の光、それに加えて、わたし一人を物悲しくさせる峰の松風の音。

＊

迷いの闇も晴れて心という空に清らかに澄んでいる月は、西の山の端に近づいているのだろうか。

歎異抄

浄土真宗の開祖・親鸞（一一七三～一二六二年）の没後、その直弟子が直接に聞いたという親鸞の言葉と当時の異義（異なる信仰）に対する批判の書。

冒頭に、先師（親鸞）の口伝の信心に今は異なることがあるのを歎き、これから教えを継ぐ者たちに疑惑が生じることを案じて、耳の底に残っていることを書いたという。

署名はないので著者が誰かは不明だが、常陸河和田（茨城県水戸市）の人で親鸞の晩年に弟子になった唯円（一二二二～一二八九年）とするのが通説である。

内容は「序」に続き、第一条から第十条までが親鸞の言葉である。そして後半の序として、親鸞の教えは広まっているが異義も多いという言葉をはさみ、第十一条から第十八条までが異義への批判である。末尾には法然・親鸞らが流罪にされた承元の法難（一二〇七年）について記されている。

『歎異抄』は長く秘匿されて伝わり、室町時代の蓮如（一四一五～一四九九年）によって再発見された。

蓮如は新たに奥書をつけ、『歎異抄』は「当流大事の聖教」であるけれど、「無宿善の機（正しく仏法を受けることができない人）」には見せてはならないと記している。

大地に知を棄てる

日本人の宗教の中でも、親鸞の教えくらい、大地を丸ごと巻き込んだような、深さや広がりを持ったものも、めずらしい。ここで大地といっているのは、水田や畑や森や海辺のことだけではない。そこに育つ植物や動物の生命、その植物や動物とわたりあいながら生きる具体的な人間の世界のことすべてが、私たちにとっての「大地」なのだ。

親鸞の教えは、その大地に深く根を下ろすことのできた、日本では数少ない、宗教思想なのである。思想や観念が、そういう大地に根を下ろして、そこから栄養を吸収して、大地に内蔵されている生命そのものに、表現をあたえることができた、という例は少ない。いつの時代にも、学問とか観念とか思想とかに夢中になっている人たちは、大地から浮き上がったままなので、美しいけれどか弱い、観念の空中花を咲かすことができるだけだ。

大地にかかわることは、言葉のように、たやすくとりあつかうことができない。言葉はすばやく動くことができるし、現実の世界では不可能なことでも、言葉がつくりあげる世界の中でなら、理想のかたちを実現してみることもできる。それが観念に膨れあがってくると、もう大地のことなんか、目にも入らなくなる。思想は、どんどん高みをめざしていくことができるし、なんだかどんどん自分が偉くなっていくような気にさえなってくる。

しかし、そんなことがいったいなんだというのだろう、と考えた人が親鸞だ。彼は、当時の最高の学問と思想の形態である、仏教を学びながら、それがなまなましい人生や、生きた霊性の働きとは関係のないところでおこなわれている、知的な言語ゲームの一種にすぎないのだということを、ずいぶん早い時期に、わかってしまったのだ。言語ゲームは、たしかに楽しいものである。それに習熟してくると、まるで自分が、人生そのものまでをゲームのように自在にあつかえるという、錯覚が生まれてくる。そして、その自信と勢いをかりて、学問という言語ゲームのルールを知らない庶民にむかって、偉そうなことを、教えたくもなってくる。

親鸞という人は、とても豊かな霊的センスを持っていた人だから、仏教を学んでいて、知的であるということの本質を、早くに見切ってしまったのである。自分が、そういう知的な言語ゲームのプレーヤーにすぎないことを、ひどく恥ずかしいと思った。親鸞はそこで、仏教思想を言語ゲームの守られた結界の外に、自分もろともに、連れだしてしまおうと決意したのだ。彼は、法然の後にしたがって、念仏者の群れの中に、身を投じた。もう彼のまわりには、鋭い頭脳を持った学者たちもいなければ、権威に守られた生活もない。まわりにいるのは、武士や職人や農民たちばかりだ。なまなましい日本の大地が、親鸞の前に出現してきた。

法然や親鸞のすごいところは、そこで、いままで比叡山の大学で勉強してきた仏教の思想を、庶民のために、やさしく解説してあげる啓蒙家なんかには、けっしてならなかったことだ。そういう啓蒙家は、自分が習得してきた言語ゲームのルールを、みずから解体して、御破算にするだけの勇気を持っていない。自分はもっと複雑なルールを知っているのだけれど、大衆化のために、それを単純にして説明してあげようとするものである。ところが、この日本浄土教の創始者たちは、もっと危険な道を選んだ。寺院大学という無菌室の中で、それまで長い時間をかけてつくりあげられてきた、仏教という、複雑で堅固で周到な言語ゲームのすべてを放棄して、ぎりぎり必要なものだけを持って、大地のほうに身を投げ出してしまう、という冒険に彼らは踏み切ったのだ。

「大地」は、じつに複雑多様なありたちをしている。その複雑さ、多様さは、どのような言語の表現がつくる複雑さや多様さをも、こえている。しかも、そこにはさまざまな性質の異なる力が流れ込んでくるために、どんなにたくみにつくられた言葉のシステムも、大地の現実の前では、すぐにお手上げの状態になってしまう。早い話が、念仏党のまわりにあつまってきた武士や職人や農民の前では、高級な言語ゲームはいっさい通用しないのである。

浄土教はそこで、仏教の複雑をきわめた「信」をめぐる言語ゲームの規則を、放棄してしまう決心をしたのだ。その決断は、まず法然によって、実行された。彼はゲームの諸規則を、「南無阿弥陀仏」という短い名号《みようごう》に、徹底して単純化してしまったのである。これだけが重要で、ほかのいっさいのことは必要ない、とまで言い切った。この瞬間に、日本人の宗教思想は、かつてない大飛躍をとげることになったのだ。複雑精緻な言語ゲームの建築物を、念仏者は解体してしまった。そして、たったひとつの「信」のルールだけを携えて、彼は渦を巻く「大地」の流れの中に、身を投じた。その中から、何が生まれ出てくるのか、はじめは皆目見当もつかなかった。しかし、法然という豪胆な人は、「南無阿弥陀仏」という単純きわまりないルールだけを竿にして、その流れの中から、なまなましいリアルをそなえた、野性的な新しい思想を、あらためて創造しなおそうとしたのだ。

その創造の仕事を、親鸞が完成した。親鸞は、法然の設定した新しい単純にして深遠な規則に、忠実にしたがって最後まで歩みきってみるならば、仏教という思想は、最終的にはどういう形をとることになるか、とことんまで追い込んでみようとしたのだ。しかも、その思想的探究は、宗教的な権威に守られて、大地の雑菌にまみれていない寺院でおこなわれるのではなく、無底の大地のただなかで、遂行されなければならない。そこでは、言葉や観念をあつかっているときのようには、軽快でかっこうよく事は運ばない。なにしろそこには、いまだ日本語による思想が立ち向かったことのない、複雑で、深々とした、霊性の大地が、渦を巻いているのだ。その深い流れの中に立って、その流れそのものを素材にして、彼は法然の設定した、たったひとつのゲームの規則から、アジアで千数百年をかけて発達してきた、仏教の全思想を、もういちど創造しなおしてみる、という大変な仕事に取り組んだ。そう考えてみれば、いかに親鸞の企てが、途方もないものだったかが、よくわかる。

『歎異抄』という作品は、親鸞の思想の成り立ちの、この極端なデリケートさに反応して、生まれたものなのである。じっさい、その思想は、強靭ではあっても、ちょっとした誤解やすり替えによって、たちまちつまらないものに変質してしまいかねない、デリケートさをそなえている。絶対他力は、阿弥陀仏の誓願に対する、それこそ絶対的な信がなければ、たちまちにして、日本的受動性にのみこまれて、たやすく理解されてしまう。ところが、この信を自分で実行してみることくらい、難しいものはないのである。目に見ることもできない、形にあらわすこともできない、霊性の贈与を、全面的に信頼して、それに自分のすべてを投げ出してしまえ、というのだ。

この思想を、自分の中で実現していられるためには、そうとうに高い霊的な目覚めが必要になる。それを維持するためには、念仏者は人生にたいして、とてもデリケートな張り詰めを、必要とされる。それにくらべれば、座禅を組んだり、真言を唱えたりして、意識集中をする「聖門道」のやり方のほうが、ずっと楽で、「易行」だと言われる、念仏のほうが、日常生活のすべてを絶対他力への信に浸透させつくしていなければならない分、ずっと難しい。

それに、親鸞は、浄土を空間として描きだすことも、否定しているのである。浄土は、この世界の外にある、別世界などではなく、生き物が体験しているこの世界とは、まったく違うものでありながら、同時にここにあるもので、人は信の力によって、この世界と浄土とを横超によってつなぎながら、生きることができる。そうなると、もう生きるも死ぬも、同じものになる。この世界でよいこと、悪いことと、されていることも、同じものになる。こういう考え方もまた、きわめてデリケートで、たちまち誤解されることによって、たやすく受け入れられてしまうものに変質してしまう。

とくに知的な人間が、そういう親切な誤解をするものだ。彼らは、知的なはからいを、なかなか解除することができないために、この浄土の教えが、超絶的な言語ゲームであること（ここで、いっさいの言語ゲームがおしまいになる、そういう言語ゲームなのだというパラドックス）が、なかなか理解できない。ところが、念仏衆の素朴で純粋な心のほうは、それを自然に実現できてしまう。ここが、思想というもののデリケートで、面白いところだ。親鸞の思想は、自分とは違う考え方を、排斥しようとする攻撃的なところは、まるでない。しかし、それは思想のたどりつきうる極限が、どういうものであるかをしめそうとしたために、きわめて傷つきやすく、誤解されやすいのだ。

「異なっている考えの横行を歎く」とは、そういう意味を持っている。親鸞の思想のような場合、『歎異抄』は、どうしても書かれなければならない書物だったのだ。高山はもともと大地からもりあがったものだとはいえ、雲におおわれてその頂はすぐに見えなくなってしまうものだから。

「第二条」ほか

念仏は、まことに、浄土にむまるるたねにてやはんべらん、また、地獄《ぢごく》におつべき業《ごふ》にてやはんべるらん。惣《そう》じてもつて存知《ぞんぢ》せざるなり。たとひ、法然聖人《ほふねんしやうにん》にすかされまひらせて、念仏して地獄におちたりとも、さらに後悔《こうくわい》すべからずさふらう。そのゆへは、自余《じよ》の行もはげみて、仏《ぶつ》になるべかりける身《み》が、念仏をまふして地獄にもおちてさふらはばこそ、すかされたてまつりてといふ後悔《こうくわい》もさふらはめ、いづれの行もおよびがたき身なれば、とても、地獄は一定《いちぢやう》すみかぞかし。

念仏は、ほんとうに浄土に生まれるたねなのか、あるいは地獄におちる行いなのか、わたしにはまったくわかりません。もしかりに法然聖人にだまされて、念仏して地獄におちたとしても、わたしはすこしも後悔はいたしません。それは、念仏以外の行をはげんで、仏になることのできる身でありながら、念仏したために地獄におちたということであれば、法然聖人にだまされたという後悔もおこりましょう。しかし、どのような行も満足に修めることのできない愚かなわたしですから、地獄以外に行くところはありません。

欲望をすてることができないわたしたちは、どのような修行をしても結局は不十分に終わり、迷いの世界をはなれることがで煩悩具足《ぼんなうぐそく》のわれらは、いづれの行にても、生死《しやうじ》をはなるることあるべからざるを、あはれみたまひて、願をおこしたまふ本意《ほんい》、悪人成仏《あくにんじやうぶつ》のためなれば、他力をたのみたてまつる悪人、もつとも往生の正因《しやういん》なり。よつて、善人だにこそ往生すれ、まして悪人は、とおほせさふらひき。

＊

聖人のつねのおほせには、「弥陀の五劫思惟《ごこふしゆゐ》の願をよくよく案ずれば、ひとへに、親鸞一人がためなりけり。されば、それほどの業《ごふ》をもちける身にてありけるを、たすけんとおぼしめしたちける本願のかたじけなさよ」と御述懐《ごじゆつくわい》さふらひしことを……

きません。そのような人間をあわれにお思いになって、助けようという願いをおこされたのが阿弥陀さまです。ですから、阿弥陀さまの本意は悪人を救って仏にするためですので、ひたすら阿弥陀さまのお力におすがりする悪人こそ、まず浄土に生まれる資格を持っています。

したがって、善人でさえ浄土に行けるのであれば、まして悪人が行けるのは当然のことであると、聖人は仰せになりました。

＊

親鸞聖人がつねづね仰せになっておられたことですが、「阿弥陀さまが、五劫《ごこう》という永いあいだお考えになって、すべてのいのちあるものを救おうとしてたてられた誓願を、よくよく考えてみますと、それはひとえに、この親鸞一人を救ってくださるためでした。かえりみますと、わたしはそれほど罪深い身であるにもかかわらず、かならず助けるぞと思い立たれた、阿弥陀さまのご本願の、なんとありがたいことであろうよ」と、しみじみとお話しになっておられました。

東海道中膝栗毛

江戸時代に盛んに刊行されるようになった「戯作」と総称される読み物のうち、おもに会話体で書かれた滑稽本の代表的な作品が『東海道中膝栗毛』である。

作者の十返舎一九（一七六五～一八三一年）は駿河府中（静岡市）の下級武士の子で、名を重田市九といった。成長して江戸の武家の家来になったが、次いで大坂に移り、武士をやめて浄瑠璃の脚本を書くようになった。そのころ香道を学び、筆名の「十返舎」は十回焚いても香るという名香にちなみ、「一九」は幼名の市九による。三十歳のときに江戸に戻って文筆で生計を立てるようになった。

『東海道中膝栗毛』ははじめ『浮世道中　膝栗毛』の名で享和二年（一八〇二）に刊行され、江戸から箱根の道中を語る。

主人公の弥次郎兵衛は豊かな商人だったが放蕩が過ぎて居場所を失い、やはり遊び人の北八（喜多八）を連れて旅立った。書名の「膝栗毛」は自分の足を栗毛の馬にたとえたもので、「徒歩の旅」の意。

この初編の売れ行きが好調だったため、翌年、箱根—蒲原—岡部の旅を書き継いだのち、文化元年（一八〇四）の第三編から『東海道中膝栗毛』と書名を改め、二十年間にわたって次々に続編が刊行された。そのうち、東海道の旅は第八編までで、その後の「続膝栗毛」の旅は金比羅参詣・宮島参詣・木曾路・善光寺参詣・中山道などに広がっている。

驚異的な軽薄

弥次郎兵衛と北八の二人の、人生最大の関心事は、ひたすら軽くなっていくことにあった。そのあたりが、この文学作品に、ある種の現代性をあたえている。現代では、人は自分で望むと望まないにかかわらず、その人生はどんどん軽いものに、どんどん希薄なものになっていきつつある。そのために、ここに登場する二人の江戸生活者のふるまいに、私たちは深い親近感をいだくことができるのだ。

しかし、この作品をもっと立ち入って読んで見ると、そういう印象は、どうやら表面的なものにすぎないのではないか、と思えてくる。二人は、同時代の江戸の住人の大半と同じように、軽薄な言動やふるまいの裏側に、人を重たいものの世界に引きずり込む、重力のようなものを感じながら、生きていたように見えるのだ。だからよく読んでみると、明るい滑稽の背後に、暗い深淵が口を開いているのを、私たちはこの作品の中に、はっきりと感じ取ることができる。同じ軽さといっても、現代の私たちのかかえる「耐えられない存在の軽さ」と、弥次さんと北さんの演じ続けるすさまじいほどの軽さとでは、どうやらニヒリズムの質が違っているらしい。

　この二人が、どうして伊勢参宮の旅に出かけることになったのか、そのいきさつを語る冒頭の部分は、なかなかにすさまじい。そこにはまず、弥次郎兵衛と北八が、何年か前はたがいにホモセクシャルの関係にあったと、はっきり書かれている。北八はちょっとした美男だったのだろう。若い頃に、花水多羅四郎《はなみずたらしろう》という旅役者の弟子になり、当時のその世界の通例として、師匠の愛人となってその道の経験をつみ、「陰間《かげま》（串童《かんどう》）」をはっていたのである。いっぽうの弥次郎兵衛は、駿河の城下町で、親代々の商店をひきついで、ほどほどの成功をおさめてはいたが、身代を大きくするようにまじめに働いて、溜まっていく資本金の重さに耐えて生きるよりも、色町でそれを蕩尽して、財産からも軽くなっていく生き方のほうを望んでいた。そこで、旅役者花水多羅四郎の愛人であった、鼻之助と出会うことになり、すっかり男色の世界にはまりこんでいったのである。

　男色は女色ほどではないが、それでも出費はかさむ。とうとう家の財産に大穴をあけた弥次郎兵衛は、それなりの資金を家から持ち出して、無責任にも若い男の愛人といっしょに「尻に帆かけて」、江戸に駆け落ちをしてしまう。そののち、元服して北八と名前を変えた鼻之助は、商店に奉公に出ることになり、弥次さんは弥次さんで結婚して所帯を持って、江戸の市井で、表面上は平均的な江戸の市民の生活を送ることとなった。ところが、二人の内面には、そういう平穏な市民生活すらも「重い」と感じる、危険な感情が知らない間に、大きく育っていたらしい。弥次郎兵衛はとんでもないやり方で、気のよい女房を追い出してしまい、北八は北八で、奉公先の主人の愛人に手を出してまずいことになり、逃走を図って、図らずも弥次郎兵衛のもとに転がり込むことになった。そして、お話にならないような騒動の果てに、二人はまたもや、逃げるようにして江戸を後にして、伊勢参宮の旅に旅立った、というわけなのである。

こうしてみると、弥次さんと北さんの二人は、何かから逃げるようにして、東海道を行くこの滑稽の旅に出たのだということがわかる。とにかくひとつところの、ひとつのシステムにすっぽりとはまって、落ちついてそこで富を殖やしていく、という生き方が、二人には耐えがたいほどに「重い」ものと、感じられていたらしいのだ。なにかにつけて、ひとつところに留まるのをいやがり、ひとつところに深さの感覚が発生してしまうことを、ひどく恐れている。いや、もっと言うと、ちょっとでも深さに触れてしまうと、その地面の下に広がっている深淵に触れてしまうことにもなりかねないから、ただひたすらに表面をサーファーのように横すべりして生きていたい、という強烈な願望が、そこにはあらわれている。

そのことはまず、セクシャリティの面にあらわれている。弥次さんも北さんも、性的な肉体というものを、じつに自由なやり方でとりあつかおうとしている。二人ともに、いわゆる両刀遣いで、女性の肉体とのセックスと、男同士のセックスとの間を、心理的な障害もほとんどなしに、自由に行き来している。こういうことは、セックスが肉体の表面におこる快楽の効果であるという割り切りがないと、うまくはいかない。セックスは内面などというものを発生させない表面の効果である、という認識が、この時代には広く共有されている。異性にせよ同性にせよ、おたがいがあまりに深くなじみになって、性の行為が内面の深淵をひきだしてくるような事態は、あまり望ましいことではない、という感覚が、この時代にはある。そのために、セクシャリティは、ともすれば生命の深淵に人をひきずりこんでいきかねない、生物的な肉体の構造から自由になって、いたるところ表面となった肉体の上を、快楽のさざなみがうねっていく、そのうねりの感覚だけが、重要視されたのである。江戸時代の人々にとっては、生命でさえ、深さの現象ではない。このことが、『東海道中膝栗毛』を、私たちにとって驚異的な作品にしているのだ。

それは、まねのできないほどに驚異的な軽薄さ、ということである。弥次郎兵衛と北八の会話は、言葉の意味を深さのうちに定置させまいとする、意志につらぬかれている。それは一瞬の気のゆるみも、許さないほどなのである。弥次郎兵衛がひとこと口を開けば、北八はすぐさまそれをまぜっかえしにかかる。言葉がひとつのきまった意味の場所に落ちついていこうとすると、きまって二人のどちらかが駄洒落や冗談を言って、定置にとりかかった意味の動きを、スリップさせてしまうのである。そして、スリップした意味は、別の意味場にすがりついていき、こうしてとめどない意味の横すべり、意味場のサーフィンがはじまる。

そういう動きを、小意気にまとめてみせるのが、狂歌である。茶店の娘の器量につられて、魚を焼いてくれと頼んだ二人は、出てきた魚が腐っていることに気づいて、弥次郎兵衛が一首。

　ござつたと見ゆる目もとのおさかなは
　　さてはむすめがやきくさつたか

これを受けて北八、即座に、

　味そふに見ゆるむすめに油断すな
　　きやつが焼いたるあぢのわるさに

きれいな娘の性的な魅力は、魚の味覚にすべっていき、「焼く」は「だます」にスリップして、きびきびしたかけ言葉の力によって、だましだまされの関係までが、軽い遊戯みたいなものに、変化していくのだ。

日本の歌は、比喩の効果をかりて、ひとつの言葉が、複数の意味の場に広がっていくのを、意識的に楽しんできたところがある。言葉の意味を、垂直の方向に深めていくのではなく、それを表面のひだにつくりかえて、横にすべっていくことで、そこに自由な動きを発生させようとしてきたわけである。それが、江戸時代に発達した狂歌になると、もはや手のつけられないほどの「軽さ」にまで、たどりついていくことになった。狂歌には、少しでもひとつところに定着して、そこに意味の深さがうがたれていくのを、神経質なほどに嫌がっているところがある。いつも動いていたい、定住したくない、定住したが最後、人は脱出不能な大地の力に、またぞろしばられていくことになる。この時代の文化は、いつも潜在的に「旅立つこと」を、欲望していたように見える。

こうしてみると、弥次郎兵衛と北八の気ままなお伊勢参りの旅は、狂歌が言葉の世界で実現していることや、発達した男色の文化が肉体の中で果たそうとしているのと同じことを、空間の移動というかたちに、うつしかえたものなのだ、ということがわかってくるのである。旅人は大地の上を移動していく。その間、路銀は減っていくばっかりで、少しも富の増殖ということはおこらない。旅人が踏みしめていく大地は、何も生み出さないのである。大地が何かを生み出すためには、農民のように、その大地の上に根を生やしたようにして、どっしりと定住しなければならない。と、そこには「重み」が発生する。それがいやでいやでたまらないから、人々は江戸に出てきたのである。そして、あげく、その江戸の都市生活すらも重たいといって、人々は弥次さんや北さんのような、純粋消費者としての旅人になりたがったのだ。大地の重力にひきずりこまれていくことへの恐怖が、この驚異的な軽薄文学を、生み出した。だから、その滑稽と軽薄の底に、暗い深淵が口を開いているのが、見えるのである。

「初編」より

（此内又宿の女）「お湯《ゆ》が涌《わき》ましたお召《めし》なさいませ　弥次「ヲイ水《みづ》が涌たかドレ這《は》入《いり》やせう（トすぐに手拭をさげ風呂場へ行て見るに此旗ご屋の亭主上方者と見へてすゐ風呂桶は上方に流行五右衛門風呂と云風呂也……土をもつて釜をつき立其上へ餅屋のどら焼を焼く如のうすべらなる鍋を掛て夫に水風呂桶を置周りをしつくいをもつて塗かためたる風呂なり……すべて此風呂にはふたと云物なく底板上に浮て居るゆゑふたの代りにも成て……入時は底を下へしづめて這入弥次郎此風呂の勝手をしらねば底の浮て居るをふたとこゝろへ何心なく取てのけずつと片足を踏込だ所が釜がじきに有故大きに足を焼どしてきもをつぶし）　弥次「アツ、〳〵こいつはとんだ水風呂だ（ト色〳〵考これはどふして這入のだと聞のも馬鹿〳〵しく外で洗ひながらそこらを見れば雪隠のそばに下駄が有故こいつ面黒いとかの下駄をはきて湯の中へ這入洗て居ると北八待かねて湯殿をのぞき見ればゆうゆうと浄瑠璃）弥次「お半《はん》なみだの露《つゆ》ちり程《ほど》も　北「エ、呆《あきれ》らアどうりで長湯《ながゆ》だと思《おもう》た。い、かげんに

宿の女の「お湯が沸いた」の声に弥次郎、「どれ入りやしょう」と風呂場へ行くと、上方流行の五右衛門風呂。土を盛って竈を造り、餅屋のどら焼きを焼くような薄っぺらな鍋を乗せ、その上に風呂桶が置かれている。中に浮いている底板が蓋の代わりだ。湯に入るときは底板を沈め、その上に乗るのだが、勝手知らない弥次郎は底板を取り除け、ずいっと片足を踏み込んだところ、足が釜の底に直にあって大やけど、肝をつぶした。「アッツッ」と弥次郎、どうして入るんだと聞くのもばかばかしい。風呂桶の外で体を洗いながらそこらを見れば、便所の下駄があった。なるほどと弥次郎、下駄をはいて湯へ入る。北八、待ちかねて湯殿をのぞけば、弥

あがらねへか……（ト座敷へ這入此内弥次湯影へかくしてそしらぬ顔にて）弥次「サア這入らねへか……初《はじ》の内《うち》ちつと熱《あつい》のを辛抱《しんぼう》すると後《のち》には能《よく》なる　北「馬鹿《ばか》ア云《い》なせへ辛抱して居《い》る内《うち》にやア足《あし》が真黒にこげてしまハア（……北八色〳〵と考そこらを見返し弥次郎がかくして置たる下駄を見付てア、よめたと心にうなづきすぐにその下駄をはいて水風呂の内ゑ這入）……北「成程《なるほど》お前《めへ》の云《いふ》とふり入《いり》しめて見《み》ると熱《あつ》くはねへア、い、心持《こころもち》だ哀《あは》れ成《なる》かな石堂丸《いしどうまる》はヅヾレン〳〵（此内弥次郎あたりを見ればかくして置たる下駄が無ゆゑさてはこいつみつけたなとおかしく思ているうち北八さすがに尻があつく立たりすわつたり色〳〵してあまり下駄にてぐはた〳〵と踏ちらしつゐに釜の底を踏抜べつたりとしり餅をつきければ湯は皆流てシウ〳〵〳〵〳〵）……亭「水風呂へ這入に下駄を穿て這入と云事が有者でご座ますか。……イヤ早苦《はやにが》〳〵しいこんだ（……弥次郎気の毒に思ひければ中へ這入釜の直し賃南両一へん遣しやう〳〵とわび事して）

水風呂の釜を抜たる科ゆゑに宿屋の亭主尻をよこした

次郎ゆうゆうと「お半は涙の」と義太夫節。北八、「どうりで長湯だと思った。いいかげんにあがらないか」。……弥次郎、湯から上がり下駄を物陰に隠して「さあ、入りな。初めはちと熱いが、辛抱してればよくなるんだ」。北八、「ばか言うな。辛抱しているうちに足が焦げてしまわあ」。そのうち北八、弥次郎が隠した下駄を見つけて風呂に入り、「なるほど、いい心もちだ。あわれなるかな石童丸」と祭り歌。そのうち、さすがに尻が熱くなって立ったり坐ったり、あまりに下駄を踏み散らしたので、釜の底を踏み抜いて、べったりと尻餅をつく。……宿の亭主は「風呂に下駄をはいて入るとは」と驚いて「いやはや、なんてことを」と腹を立てた。

弥次郎・北八、釜の直し賃を出して詫び、「水風呂の釜をぬきたる科ゆえに」とお釜の歌だ。

松尾芭蕉

松尾芭蕉（一六四四〜一六九四年）は江戸時代の前期、伊賀上野（三重県伊賀市）の武士の家系に生まれた。

名は松尾宗房といい、少年の頃から俳諧に親しんだ。俳号は宗房、桃青など。芭蕉と号するのは江戸深川（東京都江東区）の芭蕉庵に住まうようになってからである。

芭蕉が江戸に出たのは寛文十二年（一六七二）、二十九歳のとき。江戸の俳諧師と交わり、延宝六年（一六七八）頃に宗匠として一門の師となるが、延宝八年（一六八〇）、深川の草庵に移住。隠遁の風情を好んで庭に芭蕉を植えたことから芭蕉庵と称した。

貞享元年（一六八四）、伊賀・京方面への紀行文「野ざらし紀行」の旅に出立。以後「おくのほそ道」（一六八九年）などの旅を繰り返し、元禄七年、大坂で没した。享年五十一。

俳諧は連歌から派生し、機知滑稽を趣とする文芸で、その初句を発句といい、句を連ねて連句といった。その発句から独立した文芸が俳句で、芭蕉は俳句の祖として俳聖とも称される。

芭蕉の発句は没後、門下によって「芭蕉七部集」にまとめられた。『冬の日』『春の日』『曠野《あらの》』『ひさご』『猿蓑』『続猿蓑』『炭俵』である。『芭蕉全句集』（角川ソフィア文庫）には、種々の俳書・句集に記された芭蕉の発句九百八十余句が収録されている。

人間の底を踏み抜く

日本文学への芭蕉の出現の意味を理解するためには、やはり芭蕉以前の俳句が、どういうものだったかということから、考えてみなければならない。よく言われているように、彼以前の俳句は、機知やユーモアや機転の早さなどをたがいに競い合い、評価し合う、ゲーム性の強い言語芸術だったようだ（いや、芸術というよりも、折口信夫的な意味で、それは芸能である、といったほうがいいかもしれない）。

それを芭蕉が改革して、「文学的生命あるものとした」（高浜虚子）のである。そのとき、芭蕉がおこなった改革は、日本語の世界にいったい何をもたらしたのか。虚子が言うように、その後に発達した俳句芸術のすべてが、ひとつの「芭蕉文学」というものの千変万化の発達にほかならないとするならば、この俳句というものをつうじて、日本人の意識は、何を探究し、まさぐろうとしてきたのだろうか。これは、いまでもとても大きな問いのままに、残されている。

この問いを考えていくためには、まず、機知とかユーモアが、どういうものなのか、知っておく必要がある。芭蕉以前の俳句芸能のチャンピオンであった、山崎宗鑑の代表的な句につぎのようなものがある。

かぜ寒し破れ障子の神無月

この俳句はたんに、神無月の破れ障子に風が寒い、ということだけを言っている。それだけでは、どうということもないが、この俳句のひらめきは、すぐにわかるように、「障子の神無月」という言葉のうちに、神様の「神」と障子の「紙」が、かけ言葉になっているところにある。こういう言葉の用法を、フロイトは機知やユーモアの基底で働いている「圧縮の効果」と呼んでいる。「紙」と「神」のように、ふつうは離れた意味場に格納してあるふたつの言葉が、音の共通性によって、かけ言葉ではひとつに結びつけられてしまう。そのとたんに、人の意識の中には、言葉よりもすばやく動くなにものかが、突然浮上してきて、その機敏さに「はっ」とするものを、人は感じるのである。

それはちょうど、道を歩いている紳士が、バナナの皮ですべってころぶ光景を見ている人の意識の中でおこっていることと、よく似ている。紳士はふたつの地点を、エネルギーを制御しながら歩いていた。ところが、バナナの皮が離れたふたつの場所を、ショートサーキット（短絡）で一気に結んでしまったのである。すると、その光景を見ていた人の意識に充当されていたエネルギーまで、行き場を失ってしまい、しようがないからそれは筋肉運動のほうにまわされることになり、その結果、筋肉は痙攣《けいれん》し、笑いが誘発される。笑いも機知もユーモアも、こういう意識のショートサーキットの機構を、利用している。意味の場を、たくみな技術によって短絡させたり、ずらしたり、脱臼させたりして、そのたびに意識の中に、すばやい流動的なものが流れこんできて、その利発さや機敏さが、人に感銘をあたえるのだ。

芭蕉以前の俳句のおもしろさは、だいたいそういう言葉の利発さだけで、つくられているところがある。芭蕉も、若いときはそういう言葉の利発さを売り物にしたような俳句をつくっていたが、ある時期から、決定的な転回をとげるのである。ではそのとき、言葉の仕組みとしての俳句の深層には、いったい何がおこったのか。芭蕉文学に、革命的な飛躍をもたらしたといわれる、あまりにも有名なつぎの発句のなかに、私たちはそれをさぐりあてることができる。

古池や蛙《かはづ》飛《とび》こむ水のおと

この句には、神秘的なところはすこしもない。ある日、芭蕉が深川の草庵にいると、庭の古池に水の音がした。蛙が飛び込んだのである。あたりが静まりかえっているから、その水音はひとりきわだって聞こえる、という実景を、そのままに句にしている。この句の特徴は、「圧縮の効果」がまったく働かないように、つくられているところにある。イメージの共通性や音価の同一性によって、意味の場に過剰接近や短絡やひきつりがおこり、その歪みをとおって、なにかすばやい流動的なものが、意識の中に浮かび上がってくるような、それまでの俳句特有の機知やユーモアが、すこしも効いていない。というよりもそういう言葉の働きが動きだすのを拒絶して、俳句という言葉の空間そのものを、芭蕉はトポロジー的に変容させてしまおうとしているように見えるのである。

機知やユーモアは、あたたかい人間の世界をつくる。それは、言葉でつくられた人間の世界に、局所的に小さな亀裂やずれをときどきつくりだし、言葉の世界の外から、流動する生物的な力が、流れ込んでこれるようにする。そして、そのたびに、人は笑ったり、自由をあじわったりする。ユーモアがヒューマニズム（人間主義）をつくるのだ。

ところが、芭蕉の創出した俳句という芸術は、そのような人間主義の底部をぬいてしまう、革命をおこなったのである。それは、滑稽や洒落を排して、閑寂の趣を詠む。言葉の機構の中で、圧縮とか重ね合わせがおこなわれて、比喩が働きだすことをできるだけなくして（比喩が働きだすと、例の「圧縮の効果」が作動してしまうからである）、言葉と現実とが、あいだに想像的な媒介物をなにもいれることなく、裸の状態で、行ったり来たりを実現する、そういう言葉の、新しい機構を作りだそうとした。それが、芭蕉のおこなった革命なのだ。

菊の香やならには古き仏達《ほとけ》

すがすがしい菊の香りは、奈良の古い仏達の世界の比喩ではない。この芭蕉の句では、菊の香りと仏たちの世界は、同じ「モノ自体」として並び立ちながら、ひとつの蒼古たる宇宙をつくりあげている。ここでは機知もユーモアも働いていない。つまり、安定した意味の世界にときどき亀裂を入れて、そこからちらっと言葉の外の世界をかいまみせることで、豊かさや元気をとりもどそうとする、常識の機構にはまってしまわないような、突き放しがおこなわれている。そのかわりに、芭蕉的な俳句の世界では、人間と宇宙とのあいだに、なにか透明な力の交流が、実現されることになる。宇宙的な力が、人間主義のぶあついフィルターで歪められ、変形されてしまうことなしに、人間の中に自由な流入をはたすようになっている。だから、芭蕉の俳句を、「唯物論的」な芸術と、呼ぶことができるのである。

芭蕉の俳句の世界は、閑寂で、ものさびている。そこに描かれている自然も、人の世界も、すこしも生産的であるようには、感じられないのだ。その理由は、芭蕉のつくりあげる言葉の機構の本質からきている。人の世界を豊かに、生産的にするものは、およそ機知やユーモアと同じ機構を持っている。この世の「富」というものは、意味や社会の仕組みの中に、フィルターやたくさんの変換をとおして、宇宙的な力を取り入れることによって、なりたっている。ところが、芭蕉にあっては、人間と宇宙は、直接に交流しあおうとするから、人間は宇宙の力を「富」として搾取することもできないし、それで豊かに富んだ意味の世界を蓄積することもできない。そのために、

木《こ》のもとに汁も鱠《なます》も桜かな

のように、すべてがただ存在しながら、自分が存在しているということを、なにかの「富」につくりかえることなく、ただゴージャスに蕩尽しつくすだけ。妄想のはいりこむ余地はなく、ここにいたっては、談林派的な機知もユーモアも、ただ人間くさい卑俗にすぎないように、感じられるのである。

俳句というものが、虚子の言うように「芭蕉の文学」にほかならないのだとすると、この芸術をとおして、日本人は三百年の長きにわたって、いったい何を探究してきた

のだろうか。それを悟りということもできるし、わびやさびの境地と言うこともできるが、私はそれを思いきって、文学の「唯物論」と呼ぶことにしようと思うのだ。人間と宇宙のかかわりを、かくも深く思考して、人間という生命体のなかに、言葉をとおして、宇宙的な力を直接に流入させることを可能にしようとした芸術機械など、人類史をみわたしてみても、そうとうに希有の存在ではないか。俳句は生産しない。ただ蕩尽する。日本人は、このような「俳句的探究」を、なぜもっとほかの分野で生かさなかったのか。

「奥の細道」ほか

古池や蛙飛《とび》こむ水のおと　蛙合《かわずあわせ》（はるの日・あつめ句）

＊

木《こ》のもとに汁《しる》も鱠《なます》も桜かな　ひさご（真蹟懐紙・花摘）

＊

行春や鳥啼魚《とりなきうを》の目は泪《なみだ》　おくのほそ道（鳥のみち）

＊

五月雨の降《ふり》のこしてや光堂《ひかりだう》　おくのほそ道（鳥のみち）

＊

五月雨をあつめて早し最上川《もがみがは》　おくのほそ道（鳥のみち）

静かに水をたたえた古池に、蛙の飛び込む水音がする。

＊

花盛りの木の下、並べた料理の汁にも鱠《なます》にも桜が一杯に散っていることだ。

＊

行き過ぎる春を惜しんで鳥は鳴き、魚の目にも涙が見える。

＊

すべてを腐朽させる五月雨が、ここだけ降らずに残したのか、光堂は今も光を放ち続けている。

＊

降り続く五月雨を一つに集め、最上川がすさまじい速さで流れ

閑《しづか》さや岩にしみ入《いる》蟬の声

おくのほそ道（陸奥鵆）

＊

荒海《あらうみ》や佐渡によこたふ天河《あまのがは》

おくのほそ道（曾良書留・真蹟懐紙）

＊

一家《ひとつや》に遊女もねたり萩と月

おくのほそ道（鳥のみち・糸魚川）

＊

菊の香やならには古き仏達

笈日記（杉風宛書簡・菊の香）

＊

秋深き隣は何をする人ぞ

笈日記（陸奥鵆）

ていく。

＊

何という清閑さか、蟬の鳴き声が岩の中にしみ透っていく。

＊

荒波が立つ日本海の遥か彼方、佐渡が島にかけて天の川が大きく横たわっている。

＊

乞食同然の自分と同じ宿に、遊女も泊っているのか。折しも庭の萩には月が清らかな光を投じている。

＊

古きみ仏たちがましますす奈良の都には、重陽の佳節《かせつ》とて菊の香が漂っている。

＊

深まっていく秋に、しいんと静まり返った隣家は何をして暮らす人だろうか。

＊

初しぐれ猿も小蓑《こみの》をほしげ也　猿蓑（真蹟懐紙・卯辰集）

＊

旅に病《やん》で夢は枯野《かれの》をかけ廻《めぐ》る

笈日記（芭蕉翁追善之日記・枯尾華）

＊

初時雨の中、猿も私と山路を旅したいのか、小蓑をほしそうにしている。

＊

旅の途中で病身となり、見る夢はといえば、自分が枯野を駆けめぐるばかりだ。

栄花物語

『栄花物語』は宇多天皇（在位八八七〜八九七年）の代から堀河天皇の寛治六年（一〇九二）二月まで、平安時代の十五代、約二百年間をつづる歴史物語。全四十巻より成り、正編三十巻と続編十巻の二部に分かれる。正編三十巻は藤原道長が没した万寿四年（一〇二八）まで。続編十巻は道長の子の関白頼通の代から始まり、藤原忠実が十五歳の若さで春日大社の祭りを主催した話で終わり、藤原摂関家の栄華を言祝いで結ばれている。

第一巻「月の宴」の冒頭に、「世が始まってから帝は六十余代になる。その間の経緯は書き尽くせないので、今に近い世のことを書くことにする。世の中に宇多の帝と申す方がいらっしゃった」と述べ、宇多天皇の先代の光孝天皇で終わる『日本三代実録』（六国史の最後）以後の天皇年代紀であるという意図を示す。

著者の名は記されていないが、女手とよばれた平仮名で書かれていること、『源氏物語』の影響が強い「はつ花」「いわかげ」「わかばえ」などの巻名が付されていること、内容は藤原摂関家のことが中心であることなどから、宮廷の女官によって書かれたことは明らかである。正編は赤染衛門、続編は出羽弁の著とされる。

赤染衛門は藤原道長の正室倫子やその娘の彰子（一条天皇中宮）に仕えた女性で、平安中期の代表的な女流歌人の一人。出羽弁も中宮彰子や中宮威子らに仕えた女流歌人である。

女が歴史を書くということ

『栄花物語』は歴史書としては、いっぷう変わっている。それまでは、公《おおやけ》の歴史は、国家の権力によって書かれるものだ、と考えられてきた。日々の暮しの中に生起するさまざまな出来事の中から、国家の権力が「有意味である」と認めたものだけをピックアップして、その他の情報は排除することによって、ひとつの「歴史」というものが編まれてきたのである。つまり、公の歴史書とは、「男のエクリチュール」に属するものだったのだ。

ところが『栄花物語』の場合は、あらゆる意味で例外的なのだ。だいいちその作者は女性であったと言われているし、文体や構成上の工夫には、少し前に書かれて評判になっていた、『源氏物語』の影響が濃厚であると考えられているし、それよりなにより、事件や出来事をめぐる情報の選択や検閲に、公の歴史書とはまったくちがった基準が採用されている。この本はあらゆる意味で、「女のエクリチュール」に属するものであり、もっと言うと、これは「大地のエクリチュール」の、一表現なのだ。

歴史が「女のエクリチュール」によって書かれるという、この例外的な事態は、十世紀頃の日本におこった、政治・文化上の構造変化に対応している。この構造上の変化は、まず政治機構の上に、はっきりとあらわれている。機構の全体が一元化の傾向をしめしはじめ、権力の頂点である天皇と日本社会の現実とが、しだいにひとつに結ばれはじめていたのである。

それまでは、そういうことはおこらなかった。中国の政治制度を模倣した律令制のもとでは、政治機構は二元的につくられていたからだ。それは、縄文期以来の伝統的な日本社会の上に、人工的な中国風の権力機構を、かぶせるような形でつくられていた。天皇の権力は天につながりを持って、超越的な特徴を持ち、その権力は何段階もの媒介やクッションをへて、ようやく日本社会の現実に触れることができた。しかも、律令制そのものは、伝統的な日本社会の現実には、直接のつながりを持っていなかった。

古代日本でつくられた『六国史《りっこくし》』のような歴史書が、全体として「男のエクリチュール」として書かれたのは、そのことに関係している。それらの歴史書は、中国の公の歴史書を意識して書かれている。中国の王権は、超越的な天の意志に、自分の根拠を求めていたので、それはどうしても父権的な性格を持つように運命づけられていた。そのために、その王権におこったこと、王権がなしたことを、記録する歴史書は、父権的な天の頂点によって書かれることになった。律令制を輸入して、それを伝統社会の上に乗せるようにしてつくられた古代日本でも、公の歴史書は、「男のエクリチュール」として、書かれることになったのである。

ところが、『源氏物語』が書かれた頃には、そういう古代世界の機構に、ラジカルな変化がおこりはじめていた。日本の王権が、大地に根をおろしはじめたのだ。天皇の権力はそれまで、中国と同じように、超越的な天の方に自分の根拠を求め、それを反映して、いろいろな省庁機構を媒介にしなければ、社会の現実に触れることはできないようになっていたのに、その時代になると、天皇の権力が現実の社会に、直接的にその影響力を行使できるようなかたちの、機構改革がこころみられていた。たとえば、いまの警察にあたる検非違使が設置されたのも、この時代だが、この検非違使は天皇に直結していたのである。それによって、人々の現実の暮しと王権とが、直接的にむすびあうようになった。日本の王権は、大地にむかおうとしていた。

天皇の権力は、超越的な天のほうではなく、むしろ日本の大地のほうに強く自分を結びつけようとしていたから、そのために、この時代、即位式のやり方にも大きな変化がおころうとしていた。天皇は三種の神器を渡されて、天皇霊を付着させるだけでは満足しないで、密教のやり方をとりいれて、自分が象徴的に日本の大地の力を掌握していることを、積極的に表現しようとしていた。

あらゆる面で、一元化がおこりはじめ、日本の伝統的な社会システムの特徴が、中央の政治機構のさまざまなところに、侵入しはじめていたのである。こうして大地と女性の存在が、権力機構の中に大きく浮上しようとしていた。日本の伝統的な社会では、父親と同じように、母方の伯父が、子供に大きな影響力を持っていた。その母方の伯父の存在をとおして、ひとつの家の中で、母である女性が隠然たる力をふるってきたのである。その家族システムが、中央の政治機構の中にまで入り込みはじめた。女御や更衣が、天皇の子供を産むと、その父親や男の兄弟が、権力を獲得するようになった。男たちの政治生命をにぎっていたのは、じつは娘や妹という女性たちなのだった。

『栄花物語』は、そういう時代に、女性によって書かれた歴史書として、ユニークである。政治を動かしているのは、男性たちであるように見えて、その男性たちの権力を潜在的にささえていたのは、娘や妹の存在、つまりは女性の存在そのものなのである。彼女たちの力は、政治の表面にはあまり現れてこない。政治の表面で活躍するのは、あいかわらず男たちだ。しかし、歴史の深層を動かしているのは、けっして表面に現れてくることのない、娘や妹たちの存在なのだ。彼女たちの生殖力やエロスの力こそが、歴史の深層をつくるのである。

そうなると、「歴史を書く」という行為自体が、中国風の史書のように、歴史の表面に顕在化した男性的な力の確執や抗争や統治のさまを、編年風に描いていればいい、ということではなくなって、むしろ、政治的事件やさまざまな出来事の深層に、エロスや生殖の力の働きをみつけだし、描きだすという、新しい課題に取り組まなければならなくなるだろう。『源氏物語』の熱烈な愛読者であった、赤染衛門《あかぞめえもん》という女性が取り組んだのは、そういう課題なのである。彼女は、「女のエクリチュール」としての歴史を、創造しようとした。政治史の表面に顕在化した事件の深層に、彼女は大地の力や、女性の生殖力や、エロスの魔力を、発見しようとしたのである。

『栄花物語』の中でもとりわけ有名な、巻五「浦々の別」に描かれた、伊周と隆家をめぐる政治スキャンダルの分析に、そのことが、もっともみごとにあらわれている。通常の公の歴史書には、花山院が何者かによって矢を射かけられ、その犯人として伊周と隆家の兄弟が嫌疑を受け、追放のうきめにあった、という事件だけがさらっと記録されている。この事件については、当時から、たくさんのゴシップや噂《うわさ》や、秘密の情報などが、貴族たちの間を乱れ飛んだことが、想像される。赤染衛門は、まるで現代の週刊誌記者のように、それらの情報を興味を持って収集して、この事件はじつは、ひとりの女性をめぐるエロスの葛藤《かっとう》がつくりだしたものであると、あたりをつけたのである。

伊周と隆家は、都を追放される。彼らは政治的権力を奪われることになったのだが、それ以上に、彼らにとって苦痛であったのは、母や妻や妹と引き離される、別離の感情に耐えなければならないことだった。伊周は病気に苦しむ母親への愛着の情やみがたく、ついに配所を脱出して、強烈なエロスの力につき動かされるまま、都へたちもどり、それが露顕して、前よりも遠い配所に流されることになる。

赤染衛門は、政治的事件の深層に、つねにエロスの魔力を発見しようとしている。もっと言えば、政治的事件をじっさいに動かしているのは、男たちの権力抗争などではなく、その深層で働いている、エロスの力と女性の存在なのだ、と語ろうとしているのだ。そして、さらに印象的なのは、流配の憂き目にあったその男たちの運命を救出するのも、政治の駆け引きなどではなく、女性の生殖力そのものであった、という点だ。

彼ら兄弟の妹である定子の魅力が、一条天皇を深く魅了し、彼女は男子を産む。それによってあらゆる事態が、好転に向かうのである。伊周と隆家は、この若宮の誕生によって、都に召還された。それによって、宮廷の政治権力の構図に、また大きな変化が生ずることになるが、それは男たちの政治能力がつくりだしたものではなく、妹の生殖力がそれを実現したのだ。この一連の事件の発端になったのも、若い女のエロス力であったし、母親への愛着は男たちに法律を破らせるほどの力を持ったし、事件に決定的な解決をもたらしたものも、また女性たちの持つ「産む能力」だったのである。

『栄花物語』は、その意味でも、公の歴史書を凌駕《りょうが》する、高度な歴史観をあらわしているのである。赤染衛門は、歴史にエロス的な深層を発見しようとしているが、その認識には、現実の権力システムの変貌《へんぼう》が、正確に対応している。大地の力に直結することを求めた日本の王権は、女性という存在があってはじめて作動する権力に変貌していたのだ。そういう性質を持った権力の中でおこる歴史は、ただ物語の力をかりることによってしか描けないことを、作者はよく知っていた。

「あさみどり」より

かくて督《かん》の殿《との》は、この二月にこそ参り給ひしか、この頃后《きさき》に立たせ給ふべき由、ののしりたり。世の人、「いかでかさのみはあらん。同じ大臣《おとど》の御女《むすめ》、后《きさき》にて二所《ふたところ》ながら並《なら》ばせ給へる、例《ためし》なくて、この頃も申すめるに、いさ、いかなる事にかあべからん」と、うち揺《ゆる》ぎかたぶき思ふ人人世にあるべし。さ言ひしかど、吉《よき》日《ひ》して、ののしるものか。寛仁二年十月十六日、従三《じゆさむ》位《ゐ》藤原威子《ふぢはらのいし》を中宮と聞えさす。居させ給ふ程の儀式・有様《ありさま》、さきざきの同じ事なり。元の中宮をば、皇太后《くわうたいこう》

こうして督の殿は、この二月に参入されたのであったが、このころ后にお立ちなさるはずの由、評判が立った。世の中の人は、「どうしてそんなにしきりに后に立たれることがあろうか。同じ大臣の御女が、后として二人ともお並びなさったのは、前例のないこととして、最近も噂しているようなのに、さあ一体どんなことになるのだろうか」と、人心動揺して首を傾け思案する人々が世間にはいるであろう。そうはいったものの、吉日を卜して立后だといって大騒ぎするではないか。寛仁二年十月十六日、従三位藤原威子を中宮と申し上げる。立后の儀式・有様は、前々の場合と同様である。元の中宮をば、皇太后宮と申し上げる。内侍の督（尚

宮《ぐう》と聞えさす。内侍の督《かみ》には弟姫君《おとひめぎみ》ならせ給ひぬ。中宮の大夫には、法住寺の大きおとどの御子の大納言の君なり給ひぬ。権大夫には、権中納言の君なり給ひぬ。次次の宮司、さきざきのやうに競《きほ》ひ望む人多かるべし。今は古体《こたい》の事なれど。

かくて后《きさき》三人おはします事を、世に珍しき事にて、殿《との》の御幸《さいはひ》、この世はことに見えさせ給ふ。この御前達のおはしまし集まらせ給へる折は、「ただ今物見知り、古の事覚えたらん人に、物の狭間《はざま》よりかいばませ奉らばや」とまでぞ、おぼされける。

侍）にはいちばん末の姫君がおなりなさった。中宮大夫には、法住寺の太政大臣の御子の大納言の君がおなりなさった。権大夫には権中納言の君がおなりになった。以下の中宮職も、以前と同様争って望む人が多いであろう、当節では古風なことではあるが。

このようにして后が三人いらっしゃることを、世間では珍しいことに思い、殿の御幸せは、この世ではありえない特別なことのようにお見えなさる。この御方々がそろってお集まりなさっておられる折は、「現在物の趣を弁えたり、昔の事を思い出すような人に、物の隙間からのぞき見をさせてお見せ申し上げたいものよ」とまでお思いなさるのであった。

日本霊異記

『日本霊異記』は正式には『日本現報善悪霊異記』という。「日本で現れた善悪の報いについての不思議な話」といった意味で、因果応報の物語百十六話が上・中・下の三巻に収められている。

文中に散見される年次から、長岡京時代の延暦六年（七八七）から平安初期の弘仁十三年（八二二）の頃にかけて記されたと考えられている。それは、奈良時代の鎮護国家の寺々が、信心の寺へと変化する時期だった。奈良時代末期の光仁・桓武天皇は、それまで寺々に支給されていた国費を縮小。そのため寺々は広く寄進を募る必要に迫られることになり、霊験を説く必要も生まれた。平安時代には個々の寺院や霊場の霊験譚が数多く語り出されるが、その先駆けとなった最初の仏教説話集が『日本霊異記』である。

著者は景戒という、経歴の明らかでない僧であるが、各巻の序に「薬師寺の沙門景戒録す」といった署名があり、下巻の末尾には「薬師寺伝灯住位僧景戒」とあるので、官僧の身分をもつ薬師寺の僧である。が、下巻第三十八話に、景戒は寺の外に家をもち、妻子とともに馬を飼って暮らしていたと書かれていることから、なかば世俗の私度僧のような人だったと考えられる。『日本霊異記』の逸話の主人公の多くも俗人の男女で、観音菩薩を信仰してありがたい果報を得た話や、法華経を書写した功徳によって命を助けられた話など、後世の御利益譚の原型になった。

国家を超えるカルマの法則

『霊異記』の隠されたほんとうのテーマは、「国家」である。私度僧景戒がこの本をまとめた頃には、日本列島にはすでに、律令による国家の機構が存在していたし、法律もちゃんと機能しだしていたし、班田収授の法にもとづいて、租税を徴収するシステムも整いだしていた。律令による国家というものが作られる前には、この列島には、部族の共同体しかなかった。そこに、国家というものがあらわれて、人々の意識や暮らしを、大きく変えはじめた。そのことが、もともとの共同体の生活にもたらした衝撃にこたえようという意識をもって、じつは、この日本最初の仏教説話集は、編まれたのである。

国家というものができて、いちばんの変化をこうむったのは、共同体の倫理の意識である。それまでの共同体では、倫理の源泉は、自然や社会をつらぬいて流れる、霊的な力（それは古代の言葉では、チとかサッとかタマなどと呼ばれたらしい）のうちに、求められていた。この宇宙的な霊力が、自然の恵みというかたちをとおして、人間に贈り届けてくれるものによって人々は生き、そのお返しに、人間の側では放逸や無軌道をきびしくいましめる倫理的な生活でもって、自然のおしみないギフトにこたえようとしたのである。文字で書かれた「法」などというものは存在しなかったが、そのかわりに、宇宙的な霊との交感や贈与の関係がつくりだす、ふくよかな一体感が、共同体に倫理をあたえていた。

ところが、国家ができると、そのふくよかな関係にいろいろなところで、亀裂ができるようになったのである。共同体の法は、人間と自然をともどもに巻き込む、霊的な一体感に支えられていた。それは宇宙的な本質を持つものだった。ところが、そこに国家の法というものが出現するようになったのである。国家の法は、自分が共同体の法よりも上位に立っている、と主張した。日常のささいな問題などは、それまでどおりの共同体の法で処理してほしいけれど、それをはみでるような性質を持った、大きな問題は、すべて国家の律や令がさだめる法に従うべし、と国家は語った。法や倫理の根拠は、自然の霊性の中に求められるのではなく、国家というこの世の権力の中にあるのだ、と新しい勢力は主張し、それを実現する機構を、じっさいにつくりはじめていたのである。

こういう国家の出現が、共同体の倫理に、危機を生み出していたのだ。それまで、共同体の中では、人々は贈与のネットワークによる、エロスの関係で結ばれていた。

人に物を貸し与えても、けっして相手から「利子」を求めたりはしなかった。ところが、国家による班田収授法以来、借りた稲束には、それをはるかに上回る量の稲をつけて返さなければならないという、「出挙《すいこ》」のやり方が広がりはじめて、人々は贈与関係ならぬ貸借関係によって、きびしく縛られるようになってしまったのだ。それまで、田畑を耕しているということは、労働によって、自然からのギフトを受け取るのだ、という意味を持っていたのだけれど、自然のギフトによる増殖は、いまや利子として、国家や財産家のもとに、税金や資本として吸い上げられていくものに、変わりつつあった。農民が土地を捨てはじめていた。共同体の倫理は、大地とのむすびつきのなかで生命を得ていた。そのむすびつきが、絶たれようとしていたのである。

私度僧による仏教の運動は、このような共同体の危機に直面して、発生した。日本の仏教は国家鎮護の宗教として、この列島に移植された。それは、国際的な普遍性を持った「真理」の体系として、部族の伝統的な叡知にまさるものとして、国家のバックアップを受けて、発達していた。奈良盆地のそここに出現した、巨大なつくりの寺院の中では、むつかしい輸入学問としての仏教が教えられ、国家の権力を装飾する荘厳な儀式が、官許の僧の手によってとりおこなわれていた。

つまり、仏教はそこでは国家と一体になって、部族的な共同体の倫理を危機に陥れ、農民と大地とのつながりを奪い、日本的な霊性を大いに傷つける働きの、一翼をになっていたわけである。行基のような人は、こういう状態に深い疑問をいだいていた。彼や彼のまわりに集まってきた私度の僧たちは、日常の暮らしの中で、この列島上に生きる人々の倫理がひどくあぶない状態にあることを、実感していたからである。

私度の僧たちは、このような危機に、仏教が立ち向かうべきことを痛感していた。壊れかけた人々の倫理の感覚を、これまでの共同体の倫理とは違うやり方で、もう一度たてなおさなければいけない。しかもその作業は、国家の保護の外でおこなわなければならない。真実の仏教者は、国家の出現によってできた傷口を縫い合わせ、壊されたものを別のかたちに復元しなおす、という困難な仕事に、取りかからなければならない。このように、行基をリーダーとする私度僧の集団は、思想したのだ。

そういう私度の仏教僧たちの危機意識を背景にして、『霊異記』は出現したのである。壊れかけた共同体の倫理を修復するためには、それまでの神話的な思考法にかわって、より強い論理力をそなえた、因果応報の考えをもとにした「カルマの法則」を、新しい倫理の思想の基本原理として採用して、それを民衆の間に、広く深く流布させていく必要がある、と考えたわけだ。

たしかに仏教が入ってくる以前の共同体の倫理にも、「現報」の考え方はあった。神話の中でもひんぱんに、それが説かれている。たとえば、近親相姦をおかしたために、天地に大異変がおこったとか、生理中の女性が神聖な池をその血で汚したために、怒った大蛇が池の中から出現し、そのために人間には死がもたらされることになったとかいう表現をとおして、人々がしてはならないこと、慎まなければならないことが、説明されていた。

しかし、そこでは何かのあやまった行為と、その結果もたらされる「報い」とは、神話的な思考による、ゆるやかな比喩の関係でむすばれていたのである。近親相姦は、人間関係の異常な接近をあらわしている。天変地異は、宇宙システムの狂った異常接近によってもたらされる。だから、ふたつの現象は、たがいによく似ている。だから、ふたつは比喩でむすびつけることができ、それを神話として語りだしてみれば、ふたつの現象は、原因となる間違った行為とその報いとして、理解されることになっていたのだ。

大陸からやってきた、新しい強力な思想を知っていた仏教僧たちの眼からすると、そういう神話のやり方では、もはやこの困難な精神の危機をのりこえていくことはできない、と痛感された。神話の思考法では、あまりに曖昧で弱い、と感じられたのだろう。より明確で、より論理的な強さをそなえた、新しい思考法が必要だったのだ。仏典に説かれた因果応報の論理こそが、求める新しい思考法であるということに、私度僧たちは気づいていた。それが、神話の思考法にはない、論理の強さと脅迫的な説得力を持っていたからである。

その因果応報の論理によって、これまでも民衆が深い興味をいだいてきた、この世の神秘やこの世の怪異を語る、さまざまな物語を改造し、解釈しなおすのだ。そうして、仏教説話というこの強力な倫理装置の力を借りて、解体しかかった人々の倫理の感覚を、もう一度たてなおしてみるのだ。時代のエリートであった官許の僧たちに、はるかにまさる宗教的情熱をいだいていた、私度僧たちは、こうして、新しい倫理を語る書物の出現を、待ち望んでいたと言えるだろう。

たくさんの私度僧たちの期待や要求が、『霊異記』の出現を、うながし、またその普及をささえていたのである。景戒はそういう期待を背景に感じながら、この本の編集と執筆の作業をおこなっている。彼はいろいろな人からの聞き書きや読書をつうじて、たくさんの資料を集めた。その中には、神話の思考むきだしの古いタイプの説話もあれば、私度僧たちが、その民衆感化の事業のまっただなかで語りつつ、あみだしていった、因果応報譚的な新しいタイプの仏教説話も、含まれている。しかし、どの話も、基本的なテーマは「現報」ということである。

何かの行為をすれば、それは必ずや未来において、果実を結ぶ。それがとりわけ神仏にかかわることである場合、行為の結果は、来世を待つことなく、この現世において結果を生じる。だから、超越的な価値の実在を、深く信じて、それを敬わなくてはいけない。国家の法よりももっと大きくもっと深く、共同体の法よりもはるかに普遍的ではるかに論理的な、宇宙的な「カルマの法」が、この世の深層を突き動かしているからだ。『霊異記』の作者は、多くの同志の私度僧たちとともに、こうして、古代国家の形成期がつくりだした日本人の精神の危機に、対処していこうとしていたのである。

だから、これは過渡的な書物なのである。なぜならば、いずれこの古代の国家的秩序というものも解体に向かい、そのときにはもう、『霊異記』が説いているような古風な「因果応報」の教えなどでは、とうてい対処しきれない、本物の危機が出現することになり、そのときにはじめて、仏教思想そのものが、新しい日本の思想として、トータルに創造されることになるからだ。

「下巻・第二十六話」より

田中真人広忠《たなかのまひとひろただ》の女《むすめ》は、讃岐国美貴郡《さぬきのくにみきのこほり》の大領《だいりやう》、外《げ》従六位上小屋県主宮手《をやのあがたぬしみやて》が妻なり。八《やたり》の子を産み生《な》し、富貴にして宝多し。馬牛・奴婢《ぬひ》・稲銭・田畠《たはた》等有り。天《うまれ》年《ながら》に道心無く、慳貪《けんどん》にて給与すること無し。酒に水を加へて多くし、沽《う》りて多くの直《あたひ》を取る。貸《おきのり》の日は小《ちひさ》き升《ます》にて与へ、償《はた》る日は大きなる升にて受けぬ。出挙《すいこ》する時は小さき斤《はかり》を用ゐ、大きなる斤にて償《はた》り収む。息利は強ひて徴《と》り、太甚《いとはなは》だ理に非《あら》ず或《あるい》は十倍に徴り、或《あるい》は百倍に徴る。債人より渋《しぶ》り取りて、甘心を為《な》さず。多《あまた》

田中真人広忠の女（広虫女ともいう）は讃岐国美貴（香川県木田郡三木町）の郡長、小屋宮手の妻だった。八人の子を産み、富貴で財産は多く、牛馬・奴婢・稲や銭・田畑などを持っていた。しかし、生まれながらに道心はなく、物惜しみして人に施すことはなかった。

それどころか、酒に水を足して売って多く利を得たり、貸すときは小さな升で量り、返却させるときは大きな升で受け取った。出挙（稲の貸し付け）のときは小さな秤を使い、大きな秤で返却させて、利息を無理強いして多く取った。非道にも十倍も百倍もの高利を取ったのである。貸したものはどんなことをしても取り立てて情けはかけない。そのため、多くの人が苦し

の人方《まさ》に愁へ、家を棄《す》て逃《のが》返れ、他国に跉跰《さすら》ふこと、此《こ》の甚《はなは》だしきより逾《す》ぎたるは無し。広忠の女、宝亀七年六月一日も以《もっ》て、病の床に臥して、数《あまた》の日を歴《ふ》るが故に、七月二十日に至りて、其《そ》の夫《をうと》、並八《またやたり》の男子《をのこ》とを呼び集め、夢に見し状《さま》を語りて言ふ。閻羅《えんら》王《わう》の闕《みかど》に召されて、三種《みくさ》の夢を示さる。一つには三宝の物を多く用ゐて報いずの罪なり。二つには酒を沽《う》るに多《あまた》の水を加へ、多くの直《あたひ》を取るの罪なり。三つには斗升《とのます》、斤《はかり》に両種《ふたくさ》、之《これ》を用ゐて、他に与ふる時は七目を用ゐ、乞《もと》め徴る時に十二目を用ゐて収む。此《こ》の罪に依りて汝《なむぢ》を召す。応《まさ》に現報を得べきを、今、汝に示すのみ。夢の状《さま》を伝へ語り、即《その》日死に亡《う》す。

められ、家を捨てて逃げたり他国を放浪したりして、これほどひどいことは他になかった。

　この広忠の女が宝亀七年（七七六）六月一日に病臥し、長く患って七月二十日になり、夫と八人の息子を枕辺に呼び集めて夢に見たことを語った。

「私は閻魔の王宮に連れられて三種の罪を告げられました。一つは寺のものを多く使って返さなかった罪です。二つには酒を売るときにたくさん水を足して利を多くとった罪です。三つには大小二種類の秤を用いて貸すときは目盛りの七で十とし、返させるときは十二目盛りを十とした罪です」

　閻魔大王は「これらの罪によっておまえを召した。おまえが自分の罪によって現に報いを受けるべきことを告げただけである」とおっしゃいました。
広忠の女はこのように夢のようすを語り、その日に死んでしまった。

蜻蛉日記

『蜻蛉日記』は平安時代中期の女性の日記。ただし日付をつけて書いた記録ではなく、おりおりの出来事の追想や歌を記したもの。「かくありし時過ぎて、世の中にいとものはかなく、とにもかくにもつかで、世に経る人ありけり（時は過ぎ世は儚《はかな》く、何のとりえもなく世を過ごした女であった）」と書き出され、上巻が「かく年月はつもれど、思ふやうにもあらぬ身をし嘆けば（中略）あるかなきかのここちするかげろふの日記といふべし」と結ばれていることから、『蜻蛉日記』という。

この追憶の記は上・中・下の三巻で、期間は天暦八年（九五四）夏から天延二年（九七四）十二月までの二十年間に及ぶ。筆者は「藤原道綱母」であるが、話は藤原兼家（九二九〜九九〇年）に求婚されるところから始まる。兼家は時の右大臣藤原師輔の子で、後に摂政・関白・太政大臣になる公卿である。妻は何人もおり、正室の時姫は藤原道長の母である。「藤原道綱母」の父・藤原倫寧《ともやす》は国司を歴任するが、官位は正四位下が最高位であり、公卿（三位以上の貴族）ではない。しかし、摂関家の兼家との間に生まれた道綱は正二位大納言に達する。

『蜻蛉日記』はそのような平安貴族社会の頂点の話で、冒頭に「人にもあらぬ身の上まで書き日記して、めづらしきさまにもありなむ、天下の人の品高きやと問はむためしにもせよかし（人並みでない身の上の日記を書けば、天下をにぎる人の品が高いかどうかといった疑問の答えにもなるだろう）」と書かれている。

リビドーの裏地に描かれた女性文学

平安貴族たちの結婚は、どうもあまり楽しくない雰囲気のままに、はじまることが多いようだ。知人を介しての交渉、歌の応答などがあったのちに、男性が女性の住む家をこっそりと訪ねる、という形式をとってはじまる彼らの結婚には、少なくとも文学作品などから想像するかぎり、華やいだ雰囲気がとぼしいし、ダイナミックなところをあまり感じ取ることができないのである。

ところが、庶民の場合の結婚といいうのは、当時でも、もっと華やいだ性格を持つものだったのではないか、と想像される。そこでは、女性や貴重品のダイナミックな移動がおこっているからである。結婚というのは、花嫁となる女性をとおして、貴重な価値物が、一つの家族から別の家族に移動していくことを意味していた。人々は、それといっしょに、宇宙をつらぬき流れている霊の力が、華やいだ運動をおこし、つられて万物の中にも、ダイナミックな循環が発生してくるのを、感じ取ることができた。だから結婚は、当事者にも、まわりの人々にも、深い幸福感をあたえたのだ。霊の力が動き、宇宙の中に、ダイナミックな循環が生じる。その結果、いままで狭い世界の中に閉ざされていたものが、外にむかって解放され、人と人、人と世界の間に、元気にあふれた交流の通路が開かれるのである。女性が、そのような霊力の循環を促す働きをする。社会の中を、結婚ということをとおして、女性が移動していくたびに、世界は新たな蘇りを体験したのだ。

ところが、平安時代の貴族の結婚についての記録を読むかぎり、結婚がそのような宇宙的な循環の感覚をもたらしていたとは、とうてい考えられないのである。よく知られていたように、そこでの結婚は、男性による「妻問い」の形式でおこなわれていた。人の噂によれば、どこそこの邸に、器量もよく、教養やセンスにも恵まれた、綺麗な娘がいるらしい、と聞きつけた男性貴族たちは、まずは知人などを介して、相手方の意向をうかがい、そのうち和歌の贈答などがはじまって、相手方の了解が取れれば、その邸を密かに訪れはじめる。父親や兄弟たちも、娘や妹のもとを、貴族の誰それが訪れて、性的な交渉を持っているということを知ってはいても、おおげさに騒ぎ立てたりしないのが、当時の礼儀だった。こうして、結婚は密やかにはじまり、密やかに進行していったのである。

この結婚は、当人たちの興奮や歓びを別にすれば、庶民の結婚の場合とはちがって、外の社会にむかって、宇宙的な幸福感を発散するようなものではない。結婚が、何かの力の動きや循環を発生させないから、そんな印象が生まれるのである。じっさい、貴族の結婚では、女性はまったく静止したままで、少しも動きだそうとしないのである。彼女たちはどこそこの邸の娘という風に、動かない空間とまったく一体化されている。その動かない空間と一体になった女性のもとに、通って、性的な交渉をおこなうのである。

庶民の結婚においては、女性は動くものであった。その動きが、世界に幸福と豊《ほう》穣《じょう》の感覚をもたらした。ところが、貴族の世界観にあっては、不動産と女性は一体なのである。そこを動いていくのは男性の貴族たちだけ。男性が、空間と一体化して不動である女性の上を、移動していくのだ。そして、「色好み」の欲望が、それをつき動かしている。

『蜻蛉日記』という作品は、そのようなリビドーの経済としてつくられた平安貴族の世界で、結婚によっても空間を動かず、霊力を動かすこともなかった、女性たちの体内で、どのような感情が生きられていたのかを、如実に知ることのできるという意味で、この時代の文学として、希有《けう》の価値を持っている。この作品の作者は、とても高い教養と鋭い感受性を持っていた。狭い生活空間しか体験したことがなかったのに、自分の感情を、空間化して表現する和歌の世界で、たくさんのすぐれた作品を残した人だ。そのように高い知性でありながら、女性であるということによって、狭い空間を動かないまま、外から訪れてくる男性によって実現される結婚が、彼女の感情世界に、はげしい起伏をつくりだした。貴族世界の結婚は、けっして宇宙的な豊穣をもたらさないような、リビドーの仕組みでできていた。しかし、その代償として、女性の文学が生まれたのである。平安女流文学の研究には、そのようなリビドー経済の視点の導入が、必要だ。

「道綱《みちつな》の母」の夫、藤原兼家は、とりわけ「動く男」であったようだ。行動には、なかなか大胆不敵なところがあり、感情の表現もストレートで、当時の貴族社会ではそうとうに男性的な部類の、権勢家だったようだ。その頃の貴族の男性は、呪術を別にすれば、霊的なことに対する関心は、きわめて低い。彼らはじっさいの現実となった事象や、人や物をじっさいに動かす力（それは「権力」と呼ばれる）にしか、たいした興味はいだいていない。女性に対してもそうで、貴族男性たちは、庶民のように、女性の肉体や精神をとおして、宇宙的な力が人の世界に流れ込んでいるのだ、という感覚をいだくことはなかったように、感じられるのだ。女性は、権力を操作するための道具であるか、そうでなければ、例の「色好み」の対象となったのである。

この「色好み」には、『源氏物語』などにみごとに表現されているように、母親に対するコンプレックスが、はっきり投影されている。はやい話が、貴族男性たちは、女性を愛するときに、かって幼い頃に、自分の母親に充当されたリビドーを、そのまま若い女性たちの上に投影しながら、彼らの色事をおこなっているように、強く感じられるのである。彼らはどうも、一つの個性をそなえた女性を愛しているというよりも、大人になるためにあきらめざるをえなかった、濃密な母子の関係の中で発生したリビドーを、つぎつぎと異なる女性に投影しては、そのたびに失望を味わい、また別の女性に移っていくという、プロセスをくりかえしていたように、思えるのである。

つまり、貴族の男たちは、女性の中に、失われた母親のイメージを探求していたのである。彼らの恋愛は、だから幻想的なものであり、女性のありのままのリアルには、触れることがない。どの女性も、いってみれば、失われた母親のイメージのメタファー（隠喩）であり、メタファーの運命にしたがって、それはついに実物に到達することなく、彼らの愛はとめどない漂流を続けることになる。「妻問い」の結婚制度が、そういう男性の心理をつくった。この世界で、女性は動かずに、移動する男性の放浪的な愛を待ち受け、その同じ空間の中でできた子供との、きわめて濃密な一体感のある関係を、かなりな長期間にわたって持続する。その世界を生きる女性の内部に、どんな感情が生起していたのか。『蜻蛉日記』の主題は、そのことだ。

『蜻蛉日記』の作者のいらだちは、女たちは空間と一体化して動かず、男たちだけが動いていることから、発生している。彼女は、夫である兼家が、自分より他の女性たちをも愛していることを知って苦しんでいるが、それでその他の愛人たちのことを、はげしく嫉妬しているわけではない。むしろ、彼女は、他の愛人たちもまた、自分と同じような感情に苦しんでいるのだろう、と想像して、同情すらしている。問題は、夫の愛の放浪性と幻想性にあることを、彼女ははっきりと認識しているのだ。

彼女は、夫が自分のリアルを愛しているのではなく、何か別のものの代償として、愛されているのだ、ということを鋭く察知している。彼の愛はどこか幻想的で、彼女のありのままの個体性を、愛をとおしてみつめているのではない。それだから、男の愛情は、花の上を舞う蝶々のように、いろいろな女たちの上を、放浪し続けることになる。こういう愛情からは、大地に根を持った豊穣ななにものかは、生まれてこない。そこでは、結婚は少しも幸福感につながらないし、ましてや大いなる宇宙的な力の循環を感じさせることもないだろう。

だから、彼女は動き変化していくものに、はげしい憧れを感じ、その反面で、動きを一人独占しながら、おのれの満たされることのない放浪する愛に身をゆだねる夫に、気も狂わんばかりのジェラシーと憤りを感じたのである。その代償としてか、彼女は息子道綱との愛情に没頭する。愛にみたされることのない母親と、その姿をみつめながら、彼女に強い愛着を感じている息子。こうして、再生産がはたされる。いずれ、道綱は若い女性に、求婚をするだろう。しかし、その愛は、薄情だった父親の精神と同じ、メタファーの構造としてつくられている。彼は、母親を愛したように、別の娘を愛するだろう。しかし、彼の愛も、やっぱりその女性のリアルは見ていないのではないか。

　こういう結婚が、平安の女性文学を生み出したのである。貴族の男たちは、結婚に幻想を見ていたが、すぐれた知性の女性たちは、そこに幻想の不可能を発見したのだ。結婚による愛は、大地に豊穣をもたらすことがなかったが、そのかわりに、日本語の大地には、言葉による豊穣が散布された。

「天暦九年」より

正月《むつき》ばかりに、二三日見えぬほどに、ものへ渡らむとて、

（道綱母）「人来ば取らせよ」とて、書きおきたる、

（道綱母）知られねば身をうぐひすのふりいでつつ鳴きてこそ行け野にも山にも

返りごとあり。

（兼家）うぐひすのあだにて行かむ山辺にも鳴く声聞かば尋《たづ》ぬばかりぞ

など言ふうちより、なほもあらぬことありて、春、夏

お正月ごろに、二、三日あの人が姿を見せない時に、私はよそに出かけようとして、（道綱母）「あの人が来たらこれを渡しておいて」と言って、書いておいた歌、

（道綱母）気持ちが通じないこのつらい身。声を高く振り立てて鳴く鶯《うぐいす》のように私も声を出して泣きながら、野にも山にも出て行ってしまいます。

返事があります。

（兼家）鶯のようにうわついて山辺に出て行ってしまっても、その声を頼りにどこまでもどこまでも尋ねていくよ。

などと言っているうちに、いつもと違うことがあって、春夏は気分悪く過ごし、八月の末にどうにか無事に出産をすませました。そのころのあの人の思いや

悩み暮らして、八月《はづき》つごもりに、とかうものしつ。そのほどの心ばへはしも、ねんごろなるやうなりけり。

さて、九月《ながつき》ばかりになりて、出《い》でにたるほどに、箱のあるを手まさぐりに開けて見れば、人のもとに遣《や》らむとしける文あり。あさましさに、「見てけり」とだに知られむと思ひて、書きつく。

（道綱母）疑《うたが》はしほかに渡せる文見ればここや途絶《とだ》え
にならむとすらむ

など思ふほどに、むべなう、十月《かみなづき》のつごもりがたに三夜しきりて見えぬ時あり。つれなうて、（兼家）「しばしこころみるほどに」など、気色あり。

りは、さすがにこまやかで親切でした。

さて、九月ごろになってあの人が出ていった後で、文箱《ふばこ》があったのを何となく開けてみたら、そこには他の女の所におくろうとした手紙があるのです。あまりのことに「私は見た」ということだけでも知らせようと思って、その手紙に書き付けます。

（道綱母）あやしいこと。他の女性に渡そうとする手紙があるところを見ると、やはり私の所にはもういらっしゃらないのでしょうか。

などと思っているうちに、案の定、十月の末ごろ三晩続けてあの人が姿を見せない時があります。あの人は素知らぬ顔でやって来ると、（兼家）「あなたに逢わずにいられるかどうか自分の気持ちをためそうと思って……」などと思わせぶりなことを言うのです。

雨月物語

江戸時代中期に、勧善懲悪や因果応報を軸に語る伝奇物語が盛んに刊行されるようになった。それを読本という。『雨月物語』は大坂の上田秋成（一七三四～一八〇九年）が著した読本である。「序」に「明和戊子（一七六八）の晩春、雨は霽《は》れて月は朦朧《もうろう》の夜、窓下に編成して、以て梓氏《しんし》（出版元）に畀《あた》ふ。題して雨月物語と曰ふ」といい九編を収める。

第一話の「白峯」は保元の乱（一一五六年）に敗れて讃岐の配所で崩じた崇徳《すとく》上皇の御陵を西行が訪ね、日本国の大魔縁になったという上皇の怨霊に仏法を説いて慰める話。しかし怨霊は鎮まらずに平氏を恨み続けた。そのため平氏は瀬戸内海で滅びることになったのだという。

以下、前話を受ける形で「菊花の約《ちぎり》」「浅茅が宿」「夢応の鯉魚」「仏法僧」「吉備津の釜」「蛇性の婬」「青頭巾」と奇譚が続き、第九話「貧福論」で結ばれる。

「貧福論」は、富貴を願う心が並ではなかった岡左内という武士の話。ただの倹約家ではなく、節約して一両を貯めた下男を褒め、十分に取り立てた。ある夜、左内の枕元に黄金の精霊だという老人が立ち、そもそも学者・文人たちが「貧しうしてたのしむ」ということが迷いの元で、武士でさえ富貴が国の基であることを忘れていると世の風潮をたしなめる。そして老人は「堯蓂日杲　百姓帰家（堯蓂《ぎょうめい》〈太陽〉日に杲《あきら》かにして百姓家に帰る）」という句を残して消えた。怨霊の話に始まる『雨月物語』は「まことに瑞草（民が栄えること）の瑞あるかな」という言葉で終わる。

「婬」の自然思想

『雨月物語』という作品は、音楽で言うと変奏曲の形式でつくられている。ひとつの主題が、つぎつぎと別の環境の中に姿をあらわし、同じ主題が、そのつど違った表現の形をとって変化していく様子をつくりだそうとするのが、変奏曲の形式だ。基本となる主題の変態《メタモルフオーゼ》を楽しむわけである。音楽では、たいていその基本の主題というのは、冒頭に出てくる。ところが、『雨月物語』の場合、それはいちばん最後になってあらわれるのである。

『雨月物語』の最終章の主人公は、お金（貨幣）の神様である。女性の嫉妬心や執着心が、恐るべき幽霊の形に変じたり、愛欲心のままに人喰いの悪鬼に生まれかわったり、現世への執着がすさまじい怨霊《おんりよう》となって出現する光景に、心を奪われてきた読者は、ここへ来て、ちょっと安心をする。お金の神様は、あんまり恐ろしくないし、人にとり憑《つ》いてその命を奪ったりしないし、どことなく自制心があって、いままでに登場してきた物の怪《け》たちのように、妄執に翻弄されたりしていないように見えるからだ。

はたして上田秋成は、全編のデザートとして、こんな一見軽そうな話を、最後に据《す》えたりしたのだろうか。私は、そうではない、と思う。このお金の神様の登場によって、『雨月物語』ははじめて、その本当の主題を、あらわに直接的に浮上させているのだ。怪異や驚異だけが、この物語の、本当の主題ではない。この物語の真実の主題とは、江戸時代になってはじめて、人々の意識の表面に浮かび出るようになった、一つの「力」のことにほかならない。その力は形を持たず、流動的でとらえがたい。そういう一つの力の浮上を、上田秋成は小説という形式をかりて、表現してみたかったのだ、と私は思う。

蒲生氏郷《がもううじさと》の家来の、岡左内《おかさない》という武士は、武名ばかりではなく、倹約と蓄財で有名だった。秋成は、この伝説的人物の枕頭《ちんとう》に、「黄金の精霊」を出現させる趣向を創案した。常日頃、お金を大切にしてくれる恩に感じて、貨幣の神である精霊があらわれ、岡左内と、お金の効用についての、おだやかな対話をおこなうのである。その光景を描くことで上田秋成は、この物語全編をつらぬく思想であり、また国学者でもある彼自身のいだいてきた「自然思想」の根本を、語りだしてみせるのだ。

まじめな蓄財家の問いかけとは、こうである。お金の力が支配する経済の世界には、道徳や倫理の感化力は及ばないのだろうか。富んでいる者といえば、おおかたが貪欲《どんよく》で、こういう人たちには儒教の説などは、馬の耳に念仏である。仏教では前世の因縁を説いているから、そういう貪欲をいくぶんかは抑えることもできよう。しかし、それでいいのだろうか。自分には、金銭を尊ぶ気持ちと、いままで言われてきた倫理の説とが、どうもしっくりこないように感じられる。この点を、黄金の精霊はどう考えられるか。

これに対する、お金の神様の答えは、感動的なほどに明快で、深いのである。精霊はつぎのように断言する。

我もと神にあらず仏にあらず、只これ非情《ひじやう》なり。非情のものとして人の善悪を糺《ただ》し、それにしたがふべきいはれなし。……我は仏家の前業《ぜんごふ》もしらず。儒門《じゆもん》の天命にも抱《かか》はらず、異《こと》なる境《さかひ》にあそぶなり。

道徳や倫理は、人の心に働くものである。それは、言葉をつうじて、人の意識の働きに影響を及ぼし、人生と社会に確固とした形を与えようとするのだ。ところが、お金はそれとは、別の境《レヴェル》で活動しているものなのだ。感情とも無縁だし、道徳的な価観でさえ、お金の活動する境界には、影響力を持つことができない。道徳や倫理は、社会と人生に形をあたえようとする。だが、貨幣というのは、もともと形を持たない流動体として、どんなものにでも姿を変えることができるのだ。

だから、と黄金の精霊は語る。私には善悪の価値観も関係がないし、神や仏の教説も、なんの力も振るうことができない。だから、人が金銭の非情を罵《ののし》ろうと、道徳が軽蔑してみせようとも、そんなことはどうでもいい、私には、そんな価値観に従うべきいわれなどは、これっぽっちもないからだ。私をコントロールできるのは、古い道徳でも、仏教の教えでもない。ただ技術的な知恵だけが、私をコントロールできる。そして、天下を無形の流動体として動いていく私の存在を、技術的な知恵でみごとに制御して、よく支配できたものだけが、権力を握ることができる。そういう時代の到来が、目前にせまっている。それが近世という時代の本質なのである、と。

上田秋成は、自分の生きている近世という時代の本質を、形を持たない不気味な流動体の存在が、大きく浮上してくる時代として、とらえていたのである。その流動体を、儒教にせよ仏教にせよ、伝統的な道徳や倫理で抑えたり、制御したりすることは、最終的にはできないだろうとも、彼は予測していた。無形の流動体は、まず貨幣の形となって、人々の暮らしの全面を支配するようになる。お金は、それまで社会の仕組みを、根底から揺るがす力を持つのである。お金は非情なものとして、人情による人と人との結びつきを破壊してでも、社会の表面にあふれようとするのだ。

つぎにそれは、人間の無意識の中にまで、深い影響をおよぼすようになるだろう。人の無意識には、もともと善悪の価値観などからは自由な、リビドー的な力が流れている。ふつうは、そういうリビドー的力は、道徳的な意識のおこなう検閲によって、心の表面にはあらわれてこないようになっている。ところが、あまりに激しい愛欲や、あまりに激しい憎しみや、あまりに激しい執着を抱くとき、人の心の奥底からは、無意識の領域を流動し続けている暗い生命の力が、噴出してくるのである。それが、精となり、鬼となり、霊となり、怪となって、人の世に侵入を果たし、人々におののきを与える。

貨幣にせよ、妖怪にせよ、精霊にせよ、無形の流動体として、それらは共通の本質を持っていることを、上田秋成はまったく正確に理解していた。彼は、そうした流動的存在がもともとは、道徳や倫理とは異質なものなのだから、そんな相手に、善悪の価値判断を下したところで、たいした意味はない、それよりも、貨幣や霊を本当に相手取ることのできる技術的な知恵が必要だ。小説という書き物の新しいジャンルは、そのために生まれてきたのだ、と彼は考えたのである。

「蛇性《じゃせい》の婬《いん》」を見てみよう。白蛇の動物的生命力は、動物界にあるときは、ある秩序のうちに収まっている。ところが、その力が人間の女性のエロス的な身体に宿ったとき（あるいは、白蛇的な生命力と同じ力が、女の性的身体にわきあがってきてしまったとき）、それはすさまじいほどの破壊力を発揮する。欲望した相手を執拗に追い求め、いったん手に入ると、暗い閉塞《へいそく》の中で、性のむさぼりのかぎりをつくすのだ。

この「婬」の猛威の前に、人間は手のほどこしようがない。かろうじて、仏法の力によって、その力は、ふたたび白蛇の身体にもどしてやることができるのだ。このとき、上田秋成は、白蛇から女性へ、さらにふたたび白蛇へと変態を続けた、このエロスの流動力に対して、かぎりない優しさを表現してみせる。白蛇を鉢の中に封じ込めることに成功した和尚《おしよう》は、それを大事に寺に持って帰り、そうっとそれを、穴に埋め込むのであった。

人間の世界の表面にあらわれて、たとえそれが猛威をふるい、破壊のかぎりをつくそうとも、霊も魔も鬼も、その本質は、無形の流動体として流れる生命の力にほかならず、それは野生動物と同じように、小さな人の世界の倫理判断などによって、抹殺されたり、迫害されたりすべきものではない。それどころか、それらの霊的存在が、経済の世界に仮体すれば、それは近世の社会を支配する貨幣となって、あらわれる。近世とは、そういう存在がたくさん、社会の表面に浮上してくる時代だ。それらを、成仏させてやることができなくてはならない。秋成は、小説という言葉の技こそが、そうした成仏のための方法の一つにちがいない、と見抜いていた。

上田秋成は国学者として、貨幣とか霊のようなものこそが、近世の人間にとって意味のある「自然」なのである、という思想をいだいていたのである。彼はその点で、本居宣長の自然思想を凌駕《りようが》している。宣長には、人間の自然である無意識の欲望が、ときにはすさまじい美となって噴出し、あたりを破壊しつくすほどの暴威をふるい、またあるときは貨幣金属に姿を変えて人の心を支配する、そのダイナミックで言語道断な変態の様を、秋成のようにつぶさに把握してみせることはできなかったからである。私たちの現代は、こうして社会の表に浮上した言語道断な「自然」が、長い年月ののちに、いまようやく、本質的に新しいレヴェルへの脱皮と変態をはじめた時期に、さしかかっている。上田秋成ならば、この時代の本質をどう描くだろうか。この男は、まったく私たちの同時代人として、気にかかるのである。

「貧福論《ひんぷくろん》」より

其の夜、左内が枕上《まくらがみ》に人の来たる音しけるに、目さめて見れば、灯台《とうだい》の下《もと》に、ちひさげなる翁の笑《ゑみ》をふくみて座《を》れり。左内枕をあげて、ここに来るは誰《た》そ。我に糧《かて》からんとならば力量《りきりやう》の男どもこそ参りつらめ。你がやうの耄《ほ》げたる形《さま》してねぶりを魘《おそ》ひつるは、狐狸《きつねたぬき》などのたはむるるにや。何のおぼえたる術《わざ》かある。秋の夜の目さましに、そと見せよとて、すこしも騒ぎたる容色《いろめ》なし。翁いふ。かく参りたるは、魑魅《ちみ》にあらず人にあらず。君がかしづき給ふ黄金《わうごん》の精霊《せいれい》なり。年来篤《としごろあつ》

その夜、左内は、枕もとに人のきた気配がしたので、目をさまして見ると、行灯《あんどん》のそばに、小さな老人がにこにこ笑ってすわっていた。左内は、枕から頭をあげて、「そこへきたのは誰だ。おれに食物でも借りようとするならば、もっと腕っぷしの強い男どもでもきそうなものではないか。それを、お前のようなおいぼれたやつが、おれの眠りをさましにやってきたとは、狐か狸が化けたのだな。おい、なにか習いおぼえた術でもあるだろう。秋の夜のねむけざましに、ちょっとその芸当でもしてみせろ」といって、いささかも動ずる様子をみせない。老人はこたえて、「いや、ここへ参上いたしました私めは、魑《ち》魅《み》でもなければ、人間でもあり

くもてなし給ふうれしさに、夜話《よがたり》せんと推《お》してまゐりたるなり。君が今日家の子を賞《しやう》じ給ふに感《め》でて、翁が思ふこころばへをもかたり和《なぐさ》まんとて、仮《かり》に化《かたち》を見《あら》はし侍るが、十にひとつも益《やう》なき閑談《むだごと》ながら、いはざるは腹みつれば、わざとにまうでて眠《ねぶり》をさまたげ侍る。

さても富みて驕《おご》らぬは大聖《おほきひじり》の道なり。さるを世の悪《さがな》きことばに、富めるものはかならず慳《かだま》し。富めるものはおほく愚《おろか》なりといふは、晋《しん》の石崇《せきそう》唐の王元宝《わうげんぽう》がごとき、豺狼蛇蝎《さいらうじやかつ》の徒《ともがら》のみをいへるなりけり。

ません。ふだんあなたが大事になさる黄金の精霊です。あなたが長年、手厚く遇して下さったのがうれしくて、夜ばなしでもしようとおもって推参したのです。あなたがきょう、召使をほめて褒美を与えられたのに感激して、私がふだんから思っている心のうちなどおはなしして、気持でも晴らそうと思い、かりにこんな姿に身をかえてあらわれたのですが、私のはなしですから、十に一つも役にたたないような無駄ばなしではありますが、さればといって、いいたいことをいわないでおくのも腹がふくれて不快ですから、わざわざお訪ねして、おやすみのさまたげをしたのでございます。さて、富み栄えても、そのためにおごりたかぶらないのは、まさに大聖人孔子の道です。それを、世上の悪口に、『富める者はかならず心がねじけている。富める者は多く愚者である』というのは、たとえていえば、晋《しん》の石《せき》崇《そう》や唐《とう》の王元宝《おうげんぽう》のような、豺狼《さいろう》蛇蝎《だかつ》にも似た猛悪残忍にして貪欲なやつだけをさしていったのであります。

太平記

『太平記』は「序」に「ひそかに古今の変化をさぐって世の安泰と危機の由来を考えると（中略）君主が天の徳に従うときは国家が保たれ、その徳を捨てるときは保たず。（中略）歴史を省みて学ぶべきだ」という全四十巻の戦記物語である。

その物語は「本朝人王の始め、神武天皇より九十五代の帝、後醍醐天皇の御宇に、武臣相模守平高時（執権北条高時）といふ者がありて、上君の徳に違《たが》い、下臣の礼を失ふ」と語りおこされ、後醍醐天皇の討幕の挙兵による鎌倉幕府の滅亡（一三三三年）、建武の新政の始まりと崩壊、足利尊氏が擁立した光明天皇の京都の朝廷（北朝）と吉野に逃れた後醍醐天皇が立てた南朝の争乱を語り、貞治六年（一三六七）十二月、二代将軍義詮が死んで細川頼之が管領として十一歳の三代将軍義満の補佐役につくことで終わり、「氏族もこれを重んじ、外様もかの命を背かずして、中夏無為の世に成りて、目出かりし事どもなり」という言葉で結ばれている。

著者については公卿の洞院公定の日記の応安七年（一三七四）の条に「小嶋法師が寂した伝え聞いた。近頃、天下に広まっている太平記の作者である。卑賤の者であるけれど名匠として知られている」と記されている。それによって『太平記』の著者は小嶋法師という下層の僧とされる。

なお、『太平記』という書名は平和を祈念したためともいうが、新田義貞や足利尊氏、楠木正成などの武将が活躍する語り文芸の娯楽として広まり、後世の講談の源流のひとつになった。

I　イデオロギーとテクノロジーのカオス

軍記物としての『太平記』の面白い所は、その中で二種類の異質な「武士」が登場してきて、それぞれの違う流儀でちぐはぐな戦いをおこなう、奇妙な戦闘シーンの描写に、力を注いでいる所にある。二種類の異質な武士というのは、東国の武士と西国の武士のことである。鎌倉幕府側は、東国の武士勢力を、総結集した。これに対するに、クーデターをおこした後醍醐天皇は、西国を拠点とするさまざまなタイプの武装集団を、動員して戦った。そのとき、東国の武士と西国の武士とは、まったく異質な戦いぶりをしめしてみせたのである。

例えば、幕府軍が楠木正成の立てこもる赤坂城に、総攻撃をおこなったときのことである。武蔵国の二人の武士、人見四郎と本間九郎は、昔ながらの東国武士の気性を、まだ失ってはいなかったので、大軍をもって赤坂城にこもるわずかな兵力の敵を攻め落そうとする今度の戦いにおいても、あっぱれ先駆けの勲功を、みごと果して死にたい、と考えていた。翌朝、戦いがはじまった。本間と人見は互いに先陣を争いながら、敵の城門に迫って、馬上から大音声で「我と思はん人あらば、出合って手並みの程を御覧ぜよ」と、東国武士伝統の戦口上を、よばわったのである。

面白いのは、これを聞いていた赤坂城にこもる西国武士たちの反応だ。彼らは、はじめきょとんとしてこれを聞いていたが、そのうち、これが『平家物語』などで噂には聞いていた、関東武士の戦の作法なのか、と気がついた。それにしても、いきりたって突撃してくるのは、彼ら二人だけで、後ろに従うべき武者たちの姿も見えない。そこで、西国武士たちのほうも、自分たちに正々堂々戦いを挑んでいるこの二人が、今も生きる伝統文化の継承者などではなく、武者物語の読みすぎで頭がおかしくなった、ドン・キホーテの類だということに、合点がいったのである。見事におこなったはずの名乗りの儀式を、完全に無視された本間と人見は、怒り狂って突撃を敢行した。孤独な二人の関東武者は、城から雨霰《あめあられ》とあびせられる矢を全身に受けて、その場で絶命してしまった。

東国の武士にとって、戦争は宗教的な「儀式」としての意味を持つものとして、発達してきたのである。東国の武士団は、狩猟民の文化から、成長をとげてきた。そのために、戦争は神仏の見守る中で、人格の尊厳をかけておこなわれる、倫理性を持った聖なる行為である、と考えられてきた。つまり、関東武者にとって、戦争はイデオロギーだったわけだ。ところが、西国の武士にとって、戦争は人格の尊厳やら倫理やら儀礼やらとはもともとが無縁な、純然たる「技術」の行為にほかならなかった。彼らにとって、戦争とはさまざまな種類の力を集め、それを配分したり、強度を整えたりしながら、敵対してくる力に立ち向かおうとする技術ないし技芸として、イデオロギーなどとは無縁のものとして発達していた。イデオロギー対技術（技芸）。南北朝騒乱では、この二つの異質な戦争が、互いにはじめて、大規模な激突をおこなったのだ。

頼朝以来、東国に建設された武士権力は、武力による正義の確立ということを、自分たちの権力の土台にすえてきた。そのためには、戦争はただの技術であってはならず、それは神仏の世界の支持をとりつけながら、高い倫理性の表現をともなった、儀礼の一種でなければならなかったのである。『太平記』がその冒頭の部分で、執権北条高時の田楽芸能への熱狂が、鎌倉幕府滅亡の直接原因である、と断定しているのには、このことに関係がある。田楽は大陸渡りのアクロバット的な芸能が、田遊びの農耕の祭りに、組み入れられてできたものだ。それは深層において、西国武士の性格をつくりだした技芸の世界に、深くつながっている。高時は、そういう技芸的なものへの熱狂を、自分の中枢部に引き込んでしまった。そして、その隙に乗じて、後醍醐天皇は、楠木正成のような「悪党」とも呼ばれていた、西国の技芸職人的な武装勢力を組織化して、幕府を打ち倒すことに、成功してしまったのである。

ここに、南北朝騒乱のパラドックスが潜んでいる。このときを境にして、日本では「権力の根拠」というものが、すっかり見えなくなってしまう。東国の武士団は、戦争を神仏までをも巻き込んだ、ひとつのイデオロギーの表現行為とすることで、倫理性の高い政治権力の根拠にすえた（たしかに、初期の北条執権くらい、民主主義的な政治は、そののちもあまり実現されたことがない）。そこに技芸的なるものが、まずは田楽という形をとって忍び込み、果ては、戦争をたんなる技芸と理解する勢力に、打ち負かされることになってしまった。しかも、西国でそれらの技芸的武士を組織して、権力を天皇家に奪還したのが、ほかならぬ後醍醐天皇なのである。

天皇権力の「根拠」は、複雑な国家の儀式を管理できる、技芸職人者としての職能的な伝統によっている。神々につながる儀式を掌握していることが、天皇の権力の正統性を、ささえてきた。ところが、よりによってその天皇が、武力を組織して政権を奪いとり、わずか三年もたたないうちに、その権力もふたたび、東国出身の武士である足利家のものに帰することになってしまった。後醍醐天皇の行為は、日本人の権力や権威をめぐる、無意識な思想の表現であった「天皇」というパンドラの箱に隠されてきた、ありとあらゆる矛盾を、列島じゅうにぶちまけてみせた。

それまでは、あやうい均衡のうちに、棲み分けを続けていた、ありとあらゆる異質な文化や異質な原理が、このときに、いっせいに緊張して、互いの異質性を見つめあい、にらみあい、衝突をくりかえし、互いにシャッフルされて、相互陥入をおこしながら、調停点を探りだすための、長いカオスの状態に突入していった。『太平記』に描きだされた、東国武士と西国武士とが演じたとんちんかんな戦争の描写は、そのようなカオスの開始を、深い思想的な次元で、象徴するものであった。

足利将軍の政治と文化は、そのようなカオスを母体にして、生み出されたのである。新しい将軍家は、もともとは東国出身の武士の権力によっている。ところが、彼らは一度は楠木正成を代表とする、西国の技芸的武士団と結託して、純正な東国の武家政権であった鎌倉幕府を打倒した存在であるという、暗いスティグマを負っているのだ。足利尊氏の政治思想の中には、もう戦争という行為を、ひとつのイデオロギーに昇華することで、自分の正義を主張しようという発想自体が、失われてしまったのだ。

足利尊氏は楠木正成に会って、その人物に大きな魅力を感じたと言われている。東国の武士の思想では、戦闘力となって立ち上がった大地の力は、天のものである神仏の領域に向かって、威儀を正すことによって、はじめて正義の力となることができるものだった。ところが、正成の中に、それとはまったく異質な思想が生きているのを、尊氏は発見したのだ。正成は、戦争を脱イデオロギー的な、純粋に技術的なものとしてとらえる思想の持ち主である。そのような技芸的な思想に触れることによって、足利幕府の権力の考え方には、それまでの武家政権にはない、新しい要素が注入されることになった。

彼らはもう、東国の武士権力ではなくなってしまった。さりとて、「悪党」的な西国の武装勢力の成り上がったものでもない。イデオロギーと技芸的なるものの混ぜ合わせの中から、新しい「幽玄」な権力の思想が、生まれでようとしていたのである。この新しい権力の思想をささえているものは、もう時間の中にも、空間の中にも、また倫理の中にも、見つけだすことはできない。東国の武家政権は、力が正義でもあることをささえ、自分に根拠をあたえてくれる原理を、人間同士の倫理的関係や、その先にある神仏の世界に求めた。つまりは、その権力は空間的なつくりをしていたわけである。それに対して、伝統の天皇家では、自分の権力が神話的な起源と時間の連続の中に、深々とした根拠の根を生やしているのだ、と主張した。足利将軍は、そうした権力の思想のすべてが、正当性を失ってしまい、互いに戦い、混合しあうカオスの中に、自分をささえる思想をつくりださなくてはならなかった。

時間の中にも、空間の中にもないもの。倫理でもなければ、ただの悪党的マキャベリズムでもない。この世の現象というだけではなく、あの世の超越的な力にも触れていられるもの。そういうものを探していくと、「幽玄」という概念にたどりついていくのである。「幽玄」は、ヴァーチャルな潜在性の世界から、何かが現実的なものとして、現象してくる、そのちょうど中間の場所のことをさしている。ここにはまだ時間や空間というものは発生していないし（あるいは発生寸前なのである）、善と悪の価値基準ですら、まだら模様の状態にある。そういう場所に、足利将軍家は、自分の権力の根拠をすえる試みをおこなってみせた。その試みは、政治的にはあまり成功しなかった。そのかわり、それは前にも後にも類例のない、さまざまな芸術を生み出した。後醍醐天皇が着火した混乱から生じた、イデオロギーと技芸の混合のカオスに手を差し入れて、日本人はこのとき真実の宝物をつかみだす幸運に恵まれたわけである。

II　カタストロフィの予兆

『太平記』は愉快な本だ。表現は乾いているし、どちらかと言うとアパシー（無感覚）に近い。どんな悲惨な出来事が、自分の目の前でくりひろげられようと、それを叙情のオブラートで包み込もうともしないで、乾いた冷静な目でじっと観察して、そのままを飾らない言葉で表現するのだ。めったにおセンチになることもないし、感情を調べ高く歌うこともしない。まあ、そのあたりがこの本が趣味ではないという人には、気に入らない原因になっているのだろうし、花田清輝のような人が、転形期の躍動する精神をあらわす、唯物論的な文学の登場として、鼻息も荒く迎えた理由でもあったのだろう。

私はどちらかと言うと、花田清輝のセンスの方に味方をしたい。『太平記』はおそろしく現代的なのである。その特徴を一言で言えば、パンクなのだ。たとえば次のような表現を見てほしい。

「長刀《なぎなた》の柄を取り舒《の》べて、師直入道が肩崎《かたさき》より左の小脇まで鋒下《きつさきさが》りに切り付けたり。切られて、『あ』と云ふところを、重ね打ちに打ちたれば、馬より倒《さかさま》に落ちければ、三浦馬より飛び下りて、頭《かしら》掻き切つて、長刀の鋒に貫いて指し挙げたり」。そしてこのあとには、リズムも調子よく畳みかけるように、「これを討つ」、「首を取る」、「切つて落す」、「首を取つてけり」、「腹切つて失せにける」などというあられもない表現が、ポンポンと打ち出されてくる。

まるでタランティーノの映画のようではないか。戦場の現実（リアル）とは、そんなものだと言えば、それまでだが、『太平記』のユニークさは、そのリアルが表現の内部深くまで侵入してくる事態を、むしろ積極的につくりだそうとした点にある。これでは、叙情性など生まれようもないではないか。感情が現実を包み込んだまま、持続していくとき、叙情の感覚が生まれる。ところがこの作品では、いたるところに裸のリアルが侵入してきて、感情の持続を寸断していくために、『平家物語』のように、武者の死を格調も高く歌いあげることもできなくなる。また、その必要もない。なにしろ、これは一種のパンク文学なのだ。

感情の持続を小気味よく寸断して、旋律ではなくてリズムによって、連続ではなく跳躍によって、物語としての歴史ではなく荒唐無稽な出来事の羅列によって、歴史を語る。それが転形期というものだ。レトロ趣味で、歴史を語ってはいけない。前から吹きつけてくる風に、顔をなぶられながら、進んでいく感覚がここにはある。文学としてはどうもね、だって？　いやいや、いまさら文学でもないだろう。二十一世紀のはるか前方からの風をすでに感じ始めている私たちは、だから『太平記』を、おそろしく現代的な作品だと、感じるのだ。

そのことは、この作品の後半部において、最も重要なエピソードをなすものとして、古くから注目されてきた巻第二十六中の「田楽桟敷崩るる事」に、はっきりとしめされている。将軍尊氏の頃、京四条川原で、大々的な田楽の勧進興行がおこなわれておびただしい数の貴賤が、川原に巨大な桟敷をしつらえて、田楽芸能を楽しんでいた、まさにそのときにおこった事件のことである。

当時生え抜きの芸人を一堂に会したこの興行に、桟敷を埋めた観客は、終始驚きの声を上げつづけた。目も綾な衣装をまとった美少年たちが、心をとろけさせるような音曲にあわせて、舞い踊り、続いてあらわれたアクロバットの芸人たちは、玉や刀を空中に投げ上げて、それを軽々と受け止めては、また空中に投げ上げていく。そして、その後に、登場した猿楽が演じられているときに、その事件はおこったのである。

日吉山王社の守護神である猿を象徴した、一人のかわいらしい少年が登場して、いきなり驚異的な軽業を演じはじめた。少年の身体は、つぎつぎと縦横無尽の方向に飛び跳ねた。観客の予測を瞬間瞬間に裏切り、あらぬ方角に跳躍し、思いもかけない回転に、弧を描いていくのだ。常人がおよそ耐えることのできない強度の中に身を投じて、それを楽々と引き受けながら、少年はすずしい表情で、驚異の中を易々と渡っていくのだ。観客の興奮は、極度に達した。そのときである。桟敷がどうという大音響とともに崩れ落ち、一転してあたりは流血と破廉恥の修羅場と化したのである。

そして、『太平記』の作者はそこで、このまがまがしい事件こそが、高師直を間にはさむ将軍家兄弟の骨肉の争いの、最後の悲劇の前兆をなすものであった、と書くのだ。作者の無意識の中で進行していた、思考の過程は明白である。田楽の芸能への熱中は、北条高時の場合がそうであったように、安定した政治の支配に、内側から亀裂を走らせ、その亀裂からコントロール不能の強度が侵入してくるという、政治家にとってはまことまがまがしい事態を、ひきおこす原因となる。それは、田楽という芸能そのもののおもしろさが、アクロバット的な芸を通して、ふつうではとても操作できないような強度を表に引っ張りだして、その中に果敢に飛び込んだ芸人が、すずしい顔をして、それをみごとさばいてみせるところに、あるからだ。

つまり、それは持続や安定が小気味よく寸断されて、荒唐無稽な強度が、心の落ちつきをかき乱す攪乱として、流れ込んでくる状態をつくりだす。そこで、作者はそのパンクな芸能への熱中を、歴史の連続性を引き裂くカタストロフィへの前兆として、象徴的に結びあわそうとしたわけだ。

『太平記』の作者にとって、南北朝期とは何であったのか、という重要な問いに対する答えが、ここにある。南北朝期とは、政治のシステム（それは力の配分に均衡状態をつくりだす）や叙情（それは感情に安定した持続の状態をつくりだす）や歴史（それはもともとは荒唐無稽なリアルを、物語の安定の中におさえこんでしまう）の連続性が、いたるところで寸断されて、方向性を失ったリアルな諸力が、社会の表面に浮上をとげる、そういう時代であったのだ。

社会の表面にあらわれてきた、こういうリアルな力を、後醍醐天皇などは、昔ながらの密教でおさえこみ、自分の権力に組織化しようとしたが、そんなやり方がだめなことは、事態の推移がたちまちあきらかにしてしまった。そこで、やり方を変えようと決心した足利将軍は、中国の権威を借りて、超越的な方向から、それをとりおさえようとした。しかし、これはまったく現実性を欠いていて、終始浮足立っていなければならなかった。では『太平記』の作者はどうしたかと言うと、そこで困惑を抱えたまま、中国の故事を引用することによって、それを少なくとも理解可能なものにしたい、と願ったのである。

しかし、そういう努力のすべてにもまして、「田楽桟敷崩るる事」の一章こそが、ことの本質に触れているのだ。アクロバット芸は、密教や超越や物語などが果たそうとしてできないことを、やってのけてみせているからだ。システムからあふれだした強度（力）を、密教も物語も一つの中心のまわりに組織して、安定づけようとする。超越の場合だと、上からハンマーで一撃するやり方で、浮遊状態の力を押さえ込もうとするだろう。ところが、田楽のアクロバット芸は、そういうのとは一線を画したやり方で、あふれだした力を組織できるのだ。

跳躍や不意の方向展開や、乱調ぎみに速度を変化させるリズムの進行によって、動き回る身体を通して、田楽的アクロバットは、リアルな力のまっただなかに介入し、そこに渦をまくような運動的秩序（現代の科学は、それを散逸構造と呼んでいる）をつくりだしてみせるのである。『太平記』の作者は、これからの世の中には、そういう別のかたちの政治思考が必要だ、とひそかに感じとっていたのではあるまいか。神秘主義とぎりぎりのところで背中をあわせながら、この作品は、それとは別の可能性の方に、顔を向けている。この時代、思想はまさに神秘主義の全盛である。それは「本来無主無物之妙用」（金春禅竹『六輪一露之記』）である、現世の秩序におさまらない宇宙的な力を、高く設定された思考の綱の上に、みごと往来させて、動く身体そのものを神秘として、造形しようとしていた。

この時代の思想の豊かさは、だから『太平記』の唯物論（あるいはパンク）と世阿弥的神秘主義の、混沌とした同居の中にこそ、見出されるのだ。こう考えてくると、ますますこの本が未来に向かって、恐いもの知らずの前進をおこなっているように見えてくるから、不思議である。

「人見本間討死の事」より

爰《ここ》に武蔵《の》国の住人に、人見《ひとみ》四郎入道恩阿《をんあ》と云《ふ》者あり。此《の》恩阿本間《ほんま》九郎資貞《すけさだ》に向て語りけるは、「御方《みかた》の軍勢雲霞《うんか》の如くなれば、敵陣を責落《せめをとさ》ん事疑《うたがひ》なし。但《し》事の様を案《あん》ずるに、関東天下を治《をさめ》て、権を執《と》る事已《すで》に七代に余れり。天道欠《かく》レ盈《みてるを》理《コトハリ》遁《のが》る丶処なし。其上《のウヘ》臣として君を流し奉る積悪《せきあく》、豈果《あにはた》して其《の》身を滅《ほろぼ》さゞらんや。某《それがし》不肖《ふせう》の身なりと云へ共、武恩《をん》を蒙《かふむつ》て齢《よはひ》已《すで》に七旬《じゆん》に余れり。今日より後差《さし》たる思出もなき身の、そゞろに長生《ながいき》して、武運《ぶうん》の傾《かたむか》んを見んも老後の恨《うらみ》、臨終《りんじう》の障《さはり》

ここに武蔵国の武士で人見四郎入道という者がいた。人見は本間九郎に向かって、こう語った。

「味方の軍勢は雲霞のように多いので敵の城を攻め落とすに違いない。しかし、事のなりゆきを考えれば、関東の鎌倉幕府が政権をとってすでに七代以上になる。満ちるものは欠けるのが天の道理で逃れることはできない。そのうえ、臣下の身で後醍《ごだい》醐《ご》天皇を隠岐島《おきのしま》にお流ししたのは積悪の罪だ。身を滅さずにいられようか。自分は不肖の身であるけれど、幕府の御恩をうけ、すでに歳は七十を過ぎた。今日以後、さして思い出もない身であてもなく長生きし、武運が傾くのを見るのは老後の恨み、臨終の障りになろう。明日の合戦

共《とも》成ぬべければ、明日の合戦に先懸《さきがけ》して、一番に討死して、其名《の》を末代に遺《のこ》さんと存ずる也」と語りければ、本間《ほんま》九郎心中には、げにもと思ながら、「枝葉《しよう》の事を宣者哉《のたまふものかな》。是《れ》程なる打囲《ごみ》の軍《さ》に、そゞろなる先懸《き》して、討死したりとも、差《さし》て高名とも云れまじ。されば、只某《ソレガシ》は人なみに可二振舞《ふるまふ》一也」と云ければ、人見よにも無興気《ぶけうげ》にて本堂の方へ行けるを、本間怪《あやし》み思て人を付て見せければ、矢立《やたて》を取出して、石の鳥居《とりい》に何事とは不《ず》レ知《ら》、一筆《ひとふで》書付て、己《をのれ》が宿へぞ帰《かへ》りける。本間九郎されればこそ、此者《のモの》は一定明日先懸《きけ》せられぬと、心ゆるし無りければ、まだ宵《よい》より打立て、唯《ただ》一騎東条《とうでう》を指《さし》て向けり。

には真っ先に攻め入って一番に討ち死にし、名を末代に残そうと思う」

　本間九郎はこれを聞いて、今度の戦には誰も自分の前を駆けさせまいと思っていたので言った。

「つまらぬことを。これほどの大軍が囲んでいるなかで先駆けし討ち死にしても、それほどの武功とは思われまい。自分はまあ人並みに戦おうと思う」

　人見は世にも不快げに四天王寺の本堂のほうへ去っていった。そのようすに本間は怪しんで人をつけさせると、人見は矢立を取り出し、石の鳥居に一筆書き付けて自分の宿営に帰っていった。

　本間は、「やはり人見は明日の戦で先駆けするに違いない。

遅れをとってはならない」と油断せず、まだ宵のうちから陣をたち、ただ一騎、東条をめざしていった。

井原西鶴

井原西鶴（一六四二～一六九三年）は大坂の裕福な商人の家に生まれた。といっても詳細は不明で、没して四十五年後に伊藤梅宇が著した『見聞談叢』に「大坂に平山藤五という町人があった」と記されていることから実名は平山藤五だったと推定される。井原は母方の姓らしい。

『見聞談叢』によれば「妻が早く死に、盲目の一女があったけれど、その娘も死んだ。家業を手代に譲って、僧にもならず、頭陀袋《ずだぶくろ》をかけて諸国を巡り、俳諧を好んだ。のちに名を西鶴と改めた」という。

俳諧には少年の頃から親しみ、矢数俳諧で才覚を表した。矢数俳諧は京都三十三間堂で通し矢の数を競ったことにならい、時間を限ってできるだけ多くの句を詠む趣向である。西鶴には一昼夜二十四時間に四千句を詠んだ句集がある。

天和二年（一六八二）四十一歳のときに『好色一代男』を刊行して世に知られる。以後、『好色五人女』『男色大鑑』などの好色物、『武道伝来記』『武家義理物語』などの武家物、『日本永代蔵』『世間胸算用』などの町人物を著した。

なお、『好色一代男』の成功によって、風俗・人情をつづる「浮世草子」が盛んに刊行されるようになった。

Ⅰ　恋する換喩

西鶴の作品を、「大いなる換喩《かんゆ》の連鎖」と呼ぶことができる。西鶴の作品の中では、ひとつのイメージは矢《や》継《つ》ぎ早《ばや》に、別のイメージに横つらなりに連鎖していく。ある主題は、垂直の方向に深められる寸前に、ほかのよく似た主題のふところに、横っとびに走り込んでいき、そこにも長くは留まらないで、また別の類似の主題のほうに、横ずさりしていくように、その作品はつくられているのである。その横っとびのすさまじさや煥発ぶりに、私たちはいつも圧倒されるような思いをするのだが、それと同時に、フロイトの研究にもなじんでいる私たちは、そのことで逆に、西鶴という人は、何か大事なことを隠そうとして、こういう書き方をしているのではないか、という印象すら持ってしまうのである。

　換喩の連鎖は、何かの見知らぬ不気味な力が、心の機構の中に侵入してこないようにする働きを持っている。換喩（メトニミー）という喩は、部分で全体をあらわしたり（帆を見せることでヨットを表現したり、女性の足の指の反り返りをクローズアップすることによって、彼女が体験している性的快感を暗示したりするように）、あるものをその隣にくっついているもので表現したりする。換喩に対立する隠喩《いんゆ》（メタファー）では、たがいによく似たもの同士が接近しあうことによって、ことばの層に、垂直方向の通路がうがたれるのだけれど、換喩の場合には、それとはちがって、ことばの持っている喩の力が、垂直な方向にことばの層を掘り抜いていったり、そこから心の奥深いところにしまわれていた力が、いきおいよく浮上してきたりするという事態はおこらないようになっている。そこでは、ひとつの意味は、同じ意味層にある別の意味のほうに横のつながりを見出していこうとしているために、そういう換喩が連鎖をつくって、無意識の力のあからさまな立ち現れを防ぐ働きをすることになっている。

そのおかげで、換喩的な表現は、ことばの世界に闊達なスピードをつくりだすことができるのである。隠喩のように、意味の層の垂直方向への削岩をめざしている表現は、深みはあっても、なかなかひとつの場所を離れることができないような、心理の執着をつくりだす傾向がある。ところが、意味層を横にすべったり、とびすさったりすることの得意な換喩の場合には、表現にどこかドライで冷淡なところがあって、ものごとへの執着を嫌って、横へ横へ、遠くへ遠くへ、拡散へ拡散へと向かっていこうという、意志のようなものが働いている。そして、井原西鶴こそ、ことばの持つこのような換喩の働きを、ひとつの思想や倫理にまで高めようとした、まったく希有の作家だったのである。

この作家は、まだ若かった妻に先立たれたとき、その悲しみをまぎらせるため（と、本人は語っていたらしいが）、追善《ついぜん》のための独吟一日一千句の興行を思いたったという。一句あたりだいたい四十秒、それこそ矢継ぎ早に、連句を詠んでいくという離れ業に挑戦したのだ。その後、西鶴はこれをさらに発展させて、「大句数《おおくかず》」と呼んで、その数年前に、星野勘左衛門が三十三間堂で達成した、八千本の通し矢（これは「大矢数《おおやかず》」と呼ばれた）の「偉業」の向こうを張ったわけである。数十秒に一句、という早業《はやわざ》を実現するためには、西鶴の前頭葉のニューロンでは、ことばの換喩機構が、フル稼働していたはずである。数人が組んでおこなう連句の場合にも、前の人の詠んだ句のイメージを、換喩的に広げたり、ずらしたり、遠ざけたりすることによって、新しい句が新しい光景をつぎつぎに開いていく。それを、たった一人でおこなおうとするのが、西鶴的な大句数で、そこでは全体として見ると、横すべりし、拡散をめざしていく換喩の働きが、大きな連鎖をつくりだしているのがわかる。

ことばの隠喩的な用法がおこなわれているときには、時間意識の過去への遡行ということがおこる。ところが西鶴が挑戦していたような、換喩の高速稼働の場合には、いつも時間意識は、先へ先へと先送りされてしまうので、それこそ記憶をいつくしんだりするとっかかりというものが、失われてしまうのである。そこでは、あらゆるものが、横すべりの移動を強いられ、変化や拡散へと、追い立てられていく。問題は秒数であり、達成の数なのだ。連句はこのとき、原理的に、ひとつのスポーツと化しているのである。

西鶴の亡き妻への追善供養は、このようにまったくアスレチックな、スポーツ感覚につらぬかれていた。しかし、これを西鶴という芸術家の、愛情にたいする冷淡さをしめすエピソードである、などと受け取ってはならないだろう。ここには、人間精神のもっと深い層の現実にかかわる問題が隠されている、と私は思うのである。追善とは、生き残った者が、この世で作善をなすことによって、死者の魂の行く末が、よい方向に向かうように願う行為である。ところが、仏教では、この善の集積ということが、いつも「数」で数えられるのである。十万頌般若経の転読をおこなったり、十万回の五体投地に没頭したり、千日かけた回峰行者が人々の尊敬を集めたりと、仏教では、単純な行為をこれでもかというぐらいに反復することによって、善の集積の土台が築かれる、と考えられている。ところで、よく考えてみると、そもそも数というものは、換喩の働きによって、生成してくるものである（1→2→3→…）。そうすると、換喩と数と作善の間には、何か不思議なつながりがあるらしい、ということがわかってくるではないか。

数は、存在しているものを数え上げる。そうすることによって、存在しているということに、たしかな実感をつくりだす力を持っている。だから、この世で作善をおこなうためには、善の行為はできるだけ大きな回数で繰り返す必要があるのだ。それによって、善はこの世にめったなことで崩壊しない、強靭なひとつの力の連続体をつくりだすことができる。換喩もまた、同じような能力を持っている。換喩がことばの世界の中で、力強い横超を繰り返しているうちに、そこには一種ダイナミックで強靭な、運動する連続体の感覚のようなものが生まれてきて、それがバリアーになって、心の機構の内部には、無意識の底から見知らぬ虚無の妖怪が、めったに侵入できないような仕組みがつくられるのである。換喩、数、作善、これらはいずれも、無に引きずり込もうとするものにたいする、抵抗の力を、人にあたえることができる。

『好色一代男』の、日本文学における画期性は、まさにこのこと、換喩と数の権能にかかっているのだろう、と私は思う。西鶴は、日本の物語を、ことばの換喩力によって、改造することに成功したのだ。彼はそれによって、日本人の「恋」の概念に、新しい側面を開いた。『一代男』が描く恋は、徹頭徹尾「換喩的」なのだ。このことは、『源氏物語』が描きだした恋と比較してみることによって、いよいよ鮮明になる。光源氏の恋の遍歴には、小さい頃になくなってしまった母親のイメージが、つきまとっている。彼が紫という少女に、深く執着したのは、その子が母親によく似ている、と感じたからであるし、他の多くの女性と性の交渉を持つときにも、いつもどこかに、この人は誰かに似ているのではないだろうかという意識が動いている。つまり、源氏の恋は、徹底して「隠喩的」なのである。

ところが、世之介のしでかして歩いた恋には、そういう奥ゆかしい隠喩性が、まったくといっていいほどに感じられない。世之介は、恋の対象とする女性を、イメージで判断することがない。この女性は、自分の母親や乳母に似ているといって、恋したりするのではなく、彼はただ、「(女)性的なるもの」というリビドーの連続体の上で、思うさま自由な、横っとびの冒険をくりひろげてみせる。だいいち、この世に、母親に似た女性が三千人も四千人もいてたまるものか。隠喩的であるかぎり、このような「大数の恋」は、不可能なのである。ただ、その人の性の欲望が換喩的に作動するかぎりにおいて、はじめて、業平や世之介の恋は、可能となる。

井原西鶴とは、換喩力の怪物なのである。その力はまず俳諧の世界に注がれて、「大句数」の興行にゆきついた。談林の俳諧というものが、もともと隠喩の力による和歌の世界に対抗して生まれた、換喩力の芸術であったことから、これはしごく穏当な選択であった。しかし、芭蕉とちがって、換喩の軸に極端に走り込んでいった西鶴は、そこでいわば「数に溺れ」、ついには大数の不毛というものに、直面せざるをえなくなったのである。そこで彼は、過激な換喩力を抱えて、物語の世界に踏み込んでいったのだ。西鶴は、日本の物語が恋を中心のテーマとして発達してきたもので、しかもその恋が、自分の性分にはまったく合わない、母性的な隠喩の構造を持っていることを、意識していた。

母性のイメージの周囲に、つぎからつぎと発生してくるのが、隠喩である。西鶴はそれを換喩力によって、突破していく道を探った。そして、その探究がまず生み出した作品こそ、恋の大数化をもくろんだ『好色一代男』だったのだ。この作品が世に出た時代、どうして換喩や数の力が、体制を緊張させるほどの破壊力を持ちえたのか。この問題は、日本の権力に隠された「隠喩の構造」の秘密にかかわっている。またそれは、換喩と数と作善のトリオに、貨幣というものをつけくわえたときに見えてくる、近代の本質にも、触れている。そのことは、『一代男』後の西鶴の作物について考えてみるときに、いずれもっとはっきり見えてくる。

II　恋愛の純粋構造

『好色一代男』や『好色五人女』では、あれほど女色の魅惑と魔力について語っておきながら、『男色大鑑』になると、西鶴は一転して、いけしゃあしゃあと男同士の恋の素晴らしさ、さわやかさ、さっぱりした潔さの魅力を、口をきわめて褒めたたえるのである。色気づいた小娘が、しなをつくってみせているのと、その年頃の少年がさわやかに歯を磨いているのと、どっちがいいと思う。女郎にふられてしょんぼりしているのと、痔を患っているので今夜はご勘弁という歌舞伎若衆と、床入れぬきでしんみり語りあっているのと、いったいどちらが風情があるだろう。お小姓の美少年が端正に座っているのと、なよなよした官女が、しどけなく立っているのと、いったいどっちが優雅だと思う。わかりきったことだ。男の恋の相手は女ではない。男同士の恋こそが素晴らしい。くねくねと複雑にねじおれた心理をかかえた女となど、恋をすべきものではない。梅の花のようにさわやかな、男をこそ、人生の達人は、恋の相手と選ぶべきだ、女女と騒いでいたあの「一代男」の気が知れないと、西鶴の男色絶賛は続くのである。

西鶴の本意は、いったいどこに、と問いたいところだが、この時代の人々にとって、女色がいいか、男色がいいか、という問いは、まったりとしたうどんが好きか、こざっぱりした蕎麦がいいか、という程度の深刻さしか持っていない。ぞくっとするような歌舞伎若衆に夢中になったら、ああ、あの美少年を抱いて、思うさまかわいいお尻に思いをとげたいと思った気持ちのそのすぐあとで、あの夜、よっぴて自分の欲望を受け入れてくれた、あのしめりけを含んだ柔らかい女の肉体は、あれはあれでまた素晴らしいものであった、と回想しても、ちっとも矛盾を感じることのない、感覚のエピキュリアンぶりが、この時代には広くいきわたっていた。

ようするに、恋とは、相手の姿を見てそのイメージにあこがれを抱いたら、たかまったリビドーの興奮を、おたがいの裸身や性器を交わらせて思いをとげるという、純粋単純な構造を持っていたので、その相手が異性であるか同性であるかは、二次的な意義しか持っていなかった。もちろん、世継ぎをつくるために、男色が望ましくないことは明白だったが、生殖と恋とは別ものである、と弁別する「良識」があれば、好色の一代男が、同時に無類の男色家であっても、別に問題はおこらない。恋は、相手のイメージと肉体から快楽をひきだすことだ。美少年と美女があたえる快楽は、それぞれにすばらしい。だったら、おのれの肉体によって、その両方を体験しつくすのが、この定めなき浮世に、肉の身を持って生まれた宿命を、存分に生き抜くことになるのではないか。考えてみれば、多くの制約をかかえたこの時代のエピキュリアンたちと、自由をもてあます現代の私たちと、いったいどっちがおのれの肉身の限界というものに、正しく向かい合おうとしていたのか、わからない。

西鶴は、恋と生殖を、原理的にはっきり分けて考えようとしている。生殖は家の存続のためにある。つまり、遺伝子の利己的な欲望が、あからさまな社会制度の形をとって、人間の奔放な欲望に歯止めをかけようとしていたのだ。眼や唇や性器のまわりにリビドーを集めて、人を興奮させておいて、異性同士の性器を結合に誘い込んで、遺伝子結合をまんまとはたそうとするのが、自分の存続ばかりを考える、遺伝子の利己的な欲望の正体だ。ところが人間の中には、自由な意志というものが働いている。自由な意志は、遺伝子の欲望を、ぎりぎりのところまで誘い込んで、最後の瞬間にみごとに裏をかこうとするのだ。恋の中で、それぞれの個体は、個体性のかぎりを炎と燃やしつくそうとする。すべての恋人が、一代男、一代女として、自由な意志を持って、遺伝子の策略に挑戦するのだ。

これが、この時代の恋の本質である。だからそれは反経済的な遊戯性を持っている。もっと言うと、自然の奸計の裏をかくことを本性とする「技術」というものと、この恋は結びつくことになる。『一代男』の中で西鶴が、ただひたすらに自分に思いを寄せてくれた、貧しい小刀鍛冶の弟子の思いをかなえさせてやることこそが、遊女であるおのれが職業の骨頂であると心得て、緊張してインポぎみの男に、夜通しで性の技巧のかぎりをつくした、吉野太夫という女性を、最高の恋人である、と絶賛をおしまなかったのは、そのことにかかわりがある。

このとき、吉野太夫は次のような思考法をしている。遊女とは、その姿形や身ごなしや巧みな性の誘いによって、男のリビドーを高め、彼らの思いをついには、自分の性の身体を開いてやることによってとげさせる、というサーヴィスをおこなう愛嬌の技術者なのである。だったら、たとえ自分が意図しなかったとは言え、そこまで自分を恋いこがれている相手の欲望を、無慈悲にほっておくのは、性の技術を持った遊戯者の倫理にはずれるではないか。恋のゲームをしかけたのは彼女である。だったら、それを完結させなければ、彼女は正しい生き方をしているとは言えない。

ところが、興味深いことに、まったく同じ思考法が、『男色大鑑』に登場してくる。当時人気の四条川原の歌舞伎若衆は、自分のことを深く慕ってくれる田舎おやじの情愛にほだされて、あなたに抱かれたいと申し出ると、じつはあなたに抱かれたがっているのは、うちの娘で、とおやじに切りだされ、困ったことだと思いつつも、その少女の思いをかなえてやった。そのあと娘はあっけなく死に、本人の若衆も妙な死に方をしてしまったけれど、それは良い考え方だと、西鶴は書くのである。

自分に深い思いをかけてくれている、けなげな相手がいるのなら（ということは、いかなる形であれ権力というものによって自分を支配しようというのではなく、ただひたむきな純情さで恋いこがれている相手なら）、せめておのれの肉体を、相手に贈与してあげることによって、エーテルとなって燃え上がる相手の恋心をかなえさせてやるのが、「恋愛の純粋構造」の職人である自分のしたがうべき倫理であるという思考法が、女色と男色の、ふたつの世界に共有されている。自分には、たまさか魅力的な肉体が、天からあたえられた。この肉体によって、欲望の成就を得ようとする人々がいる。私は技量を磨いて、そういう人々をよろこばそうと思う。このように思い切った性の職人たちを、西鶴は、自然の奸計をだしぬいて、個体の意志の自由を貫き通そうとする、真の倫理をそなえた人間として、高い評価をあたえようとしている。

その頃の儒学者たちは、「人為」と「自然」を分けて、人間のつくる社会は、大地的な自然から切り離された「人為」による、道徳の原理によらなければならない、などと説いていた。しかし、西鶴は、そんな儒学者たちによって持ち上げられたイエや道徳が、じつは恐ろしく利己的な自然の欲望のカムフラージュされた姿なのではないか、ということを直観によって、理解していたのではないだろうか。つまり、「人為」と言われているものこそが、偽装された「自然」で、人間の自然な欲望を解放する場所と思われている悪場所こそが、そのような「自然」の策略をのりこえて、人間の意志の自由を実現しようとする、真に「人為的」な人間の空間ではないかという、儒学者なんかよりずっと深くて複雑な認識が、そこにはあらわれているのである。

要するに、人間の恋は、自然をのりこえようとするものなのである。とくに男色がそうだ。西鶴は武家の世界の男色を描きながらも、なんとなく腰がひけている。歌舞伎若衆の売色の世界なら熟知しているけれど、武家の男色についてはちょっと、という引け目がそういう態度を生んでいる。ところが、人類学の研究によれば、男色の原型は、武家の世界にこそ見出されるものなのである。

男色は未開社会の男性秘密結社の伝統に遡源する。そこでは、子供が大人になるイニシエーションの儀礼において、少年は先輩の男性から肛門に注ぎ込まれた精液を通して、文字通りの男性性を注入され、大人になっていくのだ。しかも、この男性の秘密結社は、同時に戦士の集団でもある。古代朝鮮の有名な戦士集団である新羅花郎は、男色によって、おたがいの絆を固めていた。アジアの戦士社会では、兄貴分の若者が、気に入った少年のナイトとなって、おたがいをいたわりあいながら、男性性を注ぎ込んで、立派な戦士に育てるというのが、伝統としてあった。だから、日本の武士団においても、西国の軟派な職業的武士団は別として、男色の伝統は、戦士集団の重要な機能として、大きな意味を持っていたはずなのである（日本の歴史学はなぜこのことを、もっと深く探究しないのか）。

そこでは男色は、少年を母親への依存から引き離して、自然の作用から分離した男性なるものを育成する、教育的働きを持っていた。はじめから男色は、メタフィジック(自然からの超越)を命とするものだった。その特色は、町人たちの売色的男色の世界にも、受け継がれている。武家のそれと町人のそれとのあいだには、色合いの違いはあっても、本質の共有がある。ようするに、道徳などではなしに、男色や吉野太夫的売色の心意気の中にこそ、自然をのりこえるバネがひそんでいたのだ。

西鶴はそういうものに引かれていた。ここにアウトサイダーというものの、逆説性がひそんでいる。制度の外は、自然のうちに出ていくことではない。制外こそが、メタフィジックなのである。

III　崩れゆく可能世界

西鶴は、当時発達しつつあった経済の機構には、ずいぶんと立ち入った知識を持っていたようだが、その経済の発達の条件をつくりだしていた技術の面については、あまり関心がなかったのか、それほど深い認識を持っていなかったように見える。しかし、大阪に商業資本主義が空前の繁栄をとげることができるためには、資本の原始的な蓄積という段階が先行しているはずで、そこには技術の発達が、決定的な働きをしていた。この点を見のがしていると、世相文学として、どこかにうまくいかなくなる要因を、抱え込むことになるのではないか、と心配になってくるのだ。

それは、例えば、『日本永代蔵』巻二の「天狗は家名風車」の章などに、はっきりあらわれてくる。西鶴はここで、南紀の太地《たいじ》に、当時大変な発達をとげつつあった、捕鯨をテーマにとりあげている。捕鯨で巨大な財をなした「天狗源内」なる人物を登場させて、その繁栄の様子を活写するのだ。ルポルタージュの部分は、きっと誰かの行き届いた現地取材を利用したのだろう、我が国初のマニファクチャーとしてつくりだされていた、この捕鯨産業の工程については、なかなか正確な描写をしてみせる。

だが、西鶴のとらえ方は、なんと言うか、あまりに可視的な世界のことばかりに目をとられていて、肝心のこの捕鯨と言う技術の本質には、ちっとも踏み込んでいかないもどかしさを、感じさせるのである。

捕鯨の技術が発達することで、黒潮に臨んで生活していた漁師たちは、はじめて、深い海中から、巨大な動物を引き上げて、それを富に変えることに成功した。これは、「天狗源内」の先輩にあたる人々が、海の上でおこなわれる戦争の技術（平和な世の中となって、もうそういうものは無用の長物と化していたのである）を、たくみに平和産業に転換する試みをおこなったからだ。それは、いわば不可視の領域である海中から、可視の感覚的対象である鯨を、引き上げる技術として、発達をとげた。

こういう捕鯨は、当時の技術世界でおこっていたことの本質を、よくあらわしている。技術は、いままで人間の手の届かなかった領域から、有用な物を、引き出す作業をおこなう。つまり、それはヴァーチャルな領域と現実世界との、ちょうどインターフェイス（境界面）の位置にたって、むこうからこっちへの移行を、つつがなく実行する働きをする。そうやってはじめて、元禄時代における、資本の飛躍的蓄積は可能となったのである。

技術が触れているのは、ヴァーチャルな可能世界なのである。それは、神仏の世界と同じように、目で見て、手で触れることのできなかった世界だ。技術はそこへ手をのばして、ちょうど漁師たちがやっているように、釣り針をひっかけて、可視世界への引き出しを実現する。原始的な富の蓄積は、ヴァーチャル領域と物質的現実との間を結ぶ、インターフェイスとしての技術が、実現した。そして、いったんこうやって富がこの世に引き出された後は、今後はそれを貨幣に抽象化して、流通させたり、貯めこんだり、散財したり、あげくの果てに分散零落したり、というような、経済化された人間の悲喜劇が、くりひろげられることになる。

『日本永代蔵』に描かれた、経済人間たちの活力あふれる行動の背後には、じつは鯨が潜んでいた海中と同じような、茫漠たる不可視の空間が広がっているのである。そして、才覚や機転を利用したり、ちょっとした幸運をつかんで、ついには財を築くにいたった人々のほとんどが、人生の重要な転機に、このようなヴァーチャル空間の実在に触れているのだ。「初午は乗って来る仕合わせ」に登場する、泉州水間寺の観音では、銭がいったん観音の差配する神仏の空間に飲み込まれていって、また吐きだされるということがくりかえされている。銭はこの世からいったん消えて、また出てくるのだが、その銭の動きに神仏の霊妙な働きを感じることのできた信心者には、常識では考えられないような、幸運な蓄財が可能になる、とこの話は語る。

ただ、吝嗇一筋につとめたというだけでは、あるいはただの道徳家には、こういうことはおこらない。富が飛躍的にころがりこんでくるためには、人間一度は、危険をはらんだインターフェイスの領域に、飛び込んでいってみる必要がある。そこは、ただの可能性が物質的な現実に変換をおこす、茫漠たる非合理の領域だ。それが、江戸経済世界のいちばんの深層部にセットされている。そして、資本の蓄積期には、この部分が、社会の表面近くまでせりあがってきて、人々に冒険と活力をあたえていたのである。

しかし、ここにはひとつの大きな問題が、発生する。そもそも技術それ自体には、社会生活でよしとされている倫理が、通用しないのである。技術というのは、言ってみれば、人間の狡智《こうち》をもって、自然の狡智を出し抜くという性格がある（鯨も大変に利口だけれど、太地の漁師は、その上を行く巧みさを発達させた、というように）。もっと言うと、ヴァーチャルな可能世界では、現実世界の倫理や道徳が、根拠をなくしてしまう。そこに倫理観をつくりだしていたのが、神仏への信心で、それはもともと神仏が、ヴァーチャル世界の側から、この現実世界を見守っているという構造があって、その神仏には、人間の社会の倫理などを超えた、もっと宇宙的な根拠の倫理性が宿っていると、人々は漠然と感じていたのだ。

でも、いったん商業資本主義の世界が出来上がってしまえば、すべては貨幣という可視可触の黄金の動きに、左右されるようになる。もともとこの貨幣というものの根源をなしているのは、インターフェイスの領域を渡って、人間世界に富を出現させる生産の活動だったのだけれども、貨幣の流通は、人々の感覚を、そういう領域との接触から絶ってしまう。人々が生きている世界の背後に感じられていた、茫漠たるヴァーチャルな可能世界につながっていく、感覚の通路は閉ざされて、人々は貨幣の動きにだけ、心をとらわれるようになっていく。

井原西鶴が取り組んでいた世界は、このように、まこと深淵なる矛盾を抱え、西鶴はその矛盾のまっただなかで、文学の創造をおこなったのだ。彼の出発は、俳諧だった。俳諧はこの当時、文学上のもっとも発達したインターフェイス技術だった。和歌はことばでつくりあげられた自然を、自立させてしまっていた。たしかに、それは安定した自然の感覚を与えはしたけれども、もはや自然の内部から、どのような「富」も出現しえない状態に、おちいっていたのである。そのときに、それを突き破るものとして、俳諧が発達した。俳句は、それまでことばがつくりあげる風景の中から排除されていた俗の世界を、きびきびとしたリズムで、大胆に取り入れた。つまりは、海中から鯨が引き上げられるように、ことばによる表現の表面に、それまで価値の世界の外におかれていたものが、一気に躍り出ることを、この俳諧という言葉の技は、可能にしてくれたのだ。

西鶴は、そのインターフェイス技術の、いっぽうのチャンピオンとして、現実世界の背後に、可能世界の膨大なる広がりを感知し、そこからの高速度の価値の引き上げの技で、世間を圧倒してみせていた。そういう精神を散文で表現した『好色一代男』などは、だから言ってみれば、資本の飛躍的な蓄積期の精神、つまり可能世界からの威勢のいい富の引き上げと、その富をまた威勢よく消尽して、もとのヴァーチャル領域に送り返してしまおうとする、豪勢な精神を表現する、大人の寓話なのだ。しかし、海の聖獣たる鯨も、いったん陸に引き上げられてしまえば、油を絞り出すただの巨大な肉の塊と見なされてしまうのと同じように、出来上がった商業資本主義の世界では、世之介的な生き方が触れていた、この世の底部に開かれたすがすがしい無への通路も、閉ざされていく。そして、技術が倫理を平気で乗り越えてしまったのを受けて、今度は、貨幣が、人倫を踏みにじって、倒錯した世界をつくりだそうとしていた。

『日本永代蔵』の西鶴は、このような複雑に錯綜する矛盾をまるがかえにして、じつはいまにも崩れ落ちてしまいそうな、崖っぷちを歩いているのである。西鶴の前には、技術と倫理と貨幣とが、くんずほぐれつの大立ち回りを演じている。そんな大舞台に、よくぞ日本文芸などという貧弱な装備で立ち向かったものだ、と私たちはむしろ感嘆する。だから、人生の最後にさしかかって、彼がしみったれた庶民の処世ばかりを描くようになったのを見ても、私たちはけっして失望したりはしないのである。ここで、ようやく矛盾が鎮静する。悲しいかな、経済は、しみったれてはじめて、ようやく矛盾の均衡点を見出すことができるものなのだから。

「好色一代男」より

　さても其後、物のあはれをとゞめしは、さる大名の北の御方に召しつかはれて、日のめもつひに見給はぬ女﨟達《ぢょらふたち》やおはした也。其こゝろもなき時より奥の間近くありて、男といふ者見る事さへ稀なれば、ましてそんな事をした事もなく、あたら年月二十四五迄も、このもしき枕絵《まくらゑ》、一人《ひとり》笑ひを見て、こりやどうもならぬ、あゝ〳〵、気がへる、と顔は赤くなり、目の玉すはり、鼻息おのづとあらく、歯ぎりして、細腰もだえて、扨《さて》も〳〵にくい女がある物かな、かまはずに寝てゐたさ

　さてこゝに物の哀れをとゞめたのは、さる大名の奥方に仕えて、ついぞ日のめも見給わぬ上﨟達やお端《はした》女達であった。まだ色気づかぬ頃から奥の間近く仕え、男というものは見ることさえ稀《まれ》なので、まして肌ふれたことなどあろうはずもなく、あたら年月《としつき》を二十四五までもむなしく過ごし、心地よい枕絵を見て、「こりゃどうもならぬ。あゝあゝ、げんなりする」と、顔は赤くなり、目の玉がすわり、鼻息は自然と荒くなり、歯ぎしりして細腰をもだえ、「さても〳〵憎い女があるものじゃ。構わずに寝ていたそうな男の腹上へ、もったいない、美しくもない足でふみくさって、あの眼を絲のようにしおって、人目もあるのに丸裸になって、脇腹か

うなる男の腹の上へ、もつたいなや美しうない足で踏みをつて、あのまなこを絲のやうにしをつて、人もみる物ぢやに、まる裸になつて、脇ばらから尻つき、大きなるからだ、下なお人様が重たかろに、いかに絵なればとて此女房めと、真実からつまはじきして、書物やぶりぬ。女藹がしら其一人、使ひ番の女を頼み、錦のふくろをわたして、御長《たけ》はこれよりすこしながく、ふといぶんは何程にてもくるしからず、今日のうちに、と仰せける。お中間《ちゆうげん》に風呂敷包みひとつ、此女上下二人御通しあるべし、と切手を見せて、御裏門を出て常盤《ときは》橋を渡り、堺町辺に御用の物の細工人の上手ありける。かれが許《もと》にゆけば、小座敷に通して、七つばかりの少女に彼道具を持たせて出《いだ》し侍《はんべ》れども、ひとつも

ら尻つき、大きなからだ、下のお方が重たかろうに、いかに絵なればとてこの女房め」と本気で爪はじきして、その絵を破ってしまうのであった。上藹頭のお局《つぼね》もそうした中の一人であったが、使番の女中を呼んで錦の袋を渡し、「丈《たけ》はこれより少し長く、太い分はいくらでもかまわない。今日のうちに間に合わせるように」と仰せられた。仲間《ちゅうげん》に風呂敷包みを持たせ、「此女上下二人御通しあるべし」と書いた通行切手を見せて御裏門を出て、常盤橋を渡り、堺町辺に御用の物の細工人の上手があったので、そこを訪れると、小座敷に通して、七つばかりの少女に色々な型の道具を持たせて出して見せたが、一つも気に入らないので、遠慮して顔を出さ

気にいらずして、くるしからずとてあるじ呼出して、望の程申し付けて帰る。

ぬ亭主を呼び出し、望みの寸法を注文して帰りかけると……

大鏡

『大鏡』は平安時代の後期に書かれた歴史物語で、書名の「鏡」は歴史を映す鏡という意味。藤原摂関家に近い文人貴族が著したものだが、作者の名は不明である。

この物語は、雲林院の菩提講という法会に詣でた侍が、たまたま出会った二人の翁の話を聞くというところから始まる。翁の一人は大宅世継（世次）という名で、歳はなんと百九十歳。もう一人は夏山繁樹（重木）、百八十歳である。この世で見聞きしたことをすっかり話してしまって心安らかに黄泉路に旅立ちたいということである。このように古老の話を聞くという構成は、『大鏡』とともに「四鏡」と総称される『今鏡』『水鏡』『増鏡』でも同じで、『大鏡』は「四鏡」の最初である。

『大鏡』は文徳天皇（在位八五〇～八五八年）から後一条天皇（在位一〇一六～一〇三六年）の世に至るまで、十四代にわたる帝紀に始まり、藤原氏の歴代の大臣・摂政・関白の事績を述べ、話は飛鳥時代の藤原氏の興りにも及ぶ。もっとも詳しく語られているのは藤原道長（九六六～一〇二八年）の生涯で、『栄花物語』とともに藤原道長の物語として知られている。

ところで、『大鏡』の語り手は二人の老人と侍だが、その全体の聞き手になっているのは道長のむすめの一人で三条天皇の中宮妍子（物語の時点では皇太后）に仕えた女性だと考えられる。続く『今鏡』『増鏡』では語り手も聞き手も女性である。

道長、擬制の成功

時代の成功者を成功者たらしめたものとは、何だろうか。『大鏡』の作者の考えでは、それは本人の器量の大きさと運である。

時の権力者藤原兼家《かねいえ》の子息であったとはいえ、たかだか五男坊にすぎなかった道長に、まっすぐな権力への道を開いたのは、長徳元年（九九五）の賀茂祭りの前後に、京都の町に猛威をふるった伝染病によって、彼のライバルであったおおぜいの大臣や公卿が、いちどきに死んでしまったというのが、彼の運を開く最大のチャンスとなった。それに、もともと性格に繊細にして豪胆なところがあったために、ここぞというときに、ライバルや周囲の者を圧倒する言動をしめすことができた人であった。道長よりも、並びから言ったら当然上を行くはずだった帥殿伊周《そちどのこれちか》が、感情に流れやすいお坊ちゃん気質だったということも、道長には大きなプラスに働いた。伊周は自分の愛人にほかの男（それはなんと花山院《かざんいん》だったのだが）がいることに嫉妬して、とうとう政治生命を落とすほどの、軽率な行動に出てしまったのである。それに娘たちもそこそここの器量よしで、セックスアピールもあったのだろう、めでたくするりと天皇の男子御出生に成功をおさめ、道長はまんまと閨閥政治にも大成功をおさめてしまう。それやこれや、幸運の女神はつねに、道長に微笑み続け、彼はついに日本史上類例のないサクセス・ストーリーの体現者となったのである。

しかし、藤原道長の人生がしめしてみせたようなサクセスは、権力のある種の真空状態でしか、実現できないものなのである。現実の世界は、さまざまな力の拮抗としてつくられている。そのために、どんな人も自分の思いどおりのことなどは、この世で実現できないような仕組みになっている。人の願望がおいそれと実現されてしまうのを阻むために、人にはかならずライバルというのがつきまとう。これは別に、本人の人格に問題があるからライバルというものが発生するのではなく、力の拮抗矛盾としてできあがっている現実が、自分の「法則」を貫徹させるために、他人の存在という形をかりて、一人の英雄だけが良い思いをしないように、うまく案配を図っているにすぎないのだ。

だから、政治権力者で、道長のような完璧さを実現できた人物というのは、この世にはあまり存在しないのだ。ましてや、ここは嫉妬の王国日本である。かりに幸運にも、ライバルたちが伝染病でいきなり死んでしまったり、対抗馬がこともあろうに上皇に矢を射かけるなどして、失脚してしまったために、道長に空前絶後のサクセスがもたらされたというのが、事実だとして、それだけでは、道長の僥倖の謎を説明する、真実の理由とはならないのではないか。『大鏡』や『栄花物語』のような文学作品が語っているのは、ものごとの表面とは言わないが（正史に書かれているのは、そういう表層レベルの現実だ）、意識にとっての前意識のようなレベルを構成している現実にすぎない。そこには、もっと深層の、歴史の無意識のようなものが隠されてある。

この深層レベルに降り立ってみると、私たちはもっとよく、道長の成功の理由を理解できるのである。『大鏡』にも詳しく書かれているように、藤原家はもともと常陸国出身の中臣鎌足《なかとみのかまたり》の子孫から出た家系だ。鎌足は天智天皇によくつかえた。この天皇はクーデターによって、権力を掌握して、それまで部族国家の連合体でしかなかった日本に、はじめて強大な国家というものをつくりだした人物である。この新しい国家は、よく知られているように中国の律令制度をモデルにした。大小のもろもろの部族（中臣氏もそういう地方部族のひとつにすぎなかったのである）の上に、それを超越した国家というものが考えだされ、その国家はいままでのような親族とか部族的な親分子分関係をこえた、抽象的な原理にしたがって運営されなければならない、というのが、この新しい日本国家の「思想」だったのである。

ところが、ここにはもともと大きな問題がひそんでいた。律令をモデルにした新国家では、抽象的な国家というものが、正義と権力の源泉でなければならないはずである。その正義のおかげで、国家は裁判をおこなう権利を持つのだし、その権力のおかげで、税金や兵力を民から徴収することも許されるのである。しかし、その正義や権力を担うべき、天皇家と貴族たちの意識は、そういう中国的な「国家の思想」は、かならずしも理解していなかった。だいいち天皇家がそもそも数ある名家のひとつとしての「家」にすぎなかったのだし、ほんらいなら抽象的な国家の手足となって働くべき貴族たちの意識も、地方部族の長であった時代の「家」の意識を、まったく抜け出していなかった。そうなると、奈良朝時代以来の日本の国家というものが、もともと奇妙な二重構造として、ぎくしゃくした作動しかおこなってはいなかったという様子が、よく見えてくるのである。

この二重構造の下のほうでは、それこそ縄文や弥生時代以来の、伝統的な日本の社会の仕組みが、昔も今も変わらずに、調子も崩さずに作動をし続けていた。つまり、国家というものが生まれる以前からあった、部族社会の仕組みが、新時代に見事に適応しながら、相変わらずの生命をまっとうしていたのである。その上に、律令国家というものが乗っかっていた。この国家なるものは、部族とはまったくちがう原理で動くはずのものだった。

中国の場合には、この国家の原理がそれこそ大地の中にまで侵入して、大地そのものの組織までつくりかえていたから、中国の社会は全体として、国家として働いていたのである。ところが、日本ではそうではなかった。大地に根ざした部族社会的なものと、天の超越にささえられた律令の国家とは、あんまりうまくかみ合っていない。せっかく外国から新時代の政治思想を輸入したというのに、日本人はその原理を理解しないうちから、それをうまく使いこなすことばかり考えていて、ちゃんとした道路を作る前に自動車をいっぱい作って売ってしまった子孫の先祖らしく、けっきょくは形ばかりで、実質は空洞という状態が、もう長いこと続いていた。意識の底では「家」思考にしばられていながら、理想は超越の国家という、今も昔も変わらぬ分裂である。

道長のサクセス・ストーリーは、そのような分裂が極限に近づいて、つぎのものがまだ出てきていない、過渡期の真空状態の中で、まさに空前絶後の実現を果たしたのだ。二重構造はもはや維持しがたい状態になっていた。というよりも、みんなが本音をさらけ出して、こんな窮屈で趣味に合わない輸入品を身につけているのが、馬鹿馬鹿しくなったというところなのである。長年無理をしたおかげで、どうやら日本にも国家らしきものはできた。天皇家を中心にする権力の機構も、まがりなりにも動いている。そういう安心が、人々に本音をさらけださせていた。権力のまわりにいた人々は、自分たちの既得権はそのままにしておいて、社会の全体的な仕組みを、伝統的な「家」の意識にもとづく構造に、もどそうともくろんでいたのである。

律令的な国家があたえてくれた権力の既得権はそのままで、国家の構造だけを大地に直接ねざす部族日本的な仕組みにつくりかえてしまう。それが、道長が権力への道を歩みはじめていた頃の、中央にたむろしていた人々の願望だった。自分たちは、中央の貴族として、もはや大地からは切り離されているのに、中臣鎌足の時代以来、擬制の律令制を背景にして獲得した権力を利用して、いち早くつぎの時代への変化に対応していた。そういう貴族の中で、藤原氏はまさにトップランナーの地位を走っていたのである。

だから、突然の流行病でライバルがいなくなってしまったり、娘たちが器量よしの安産タイプだったり、ちょっと豪胆なふるまいをしてみせるだけで、こいつは大物だと思い込んだりする人の善さをまわりの人々がそなえていたため、というような、『大鏡』的な理由づけによっても、道長はあの権力を獲得し、長いことそれを維持するという、奇跡をなしとげることができたのだ。真実のライバルは、道長の生前にはまだあらわれていなかった。真実のライバルとは、地方の伝統的な部族社会の上に立って、正義と権力を行使することになる武士の存在だが、その武士はいまだ浮上せず、擬制の国家があたえる既得の権力は、まだ安全に保たれていた。その真空状態だからこそ、道長の驚異のサクセスは実現できたのだ。しかし、そういう千載一遇の真空状態に、生まれ落ちてみせるというのも、たいした才能と運ではないか。

「道長・長徳元年」より

その年の祭の前より、世の中極めてさわがしきに、またの年、いとどいみじくなりたちにしぞかし。まづは大臣、公卿多くうせたまへりしに、まして四位、五位のほどは数やは知りし。まづその年うせたまへる殿ばらの数、閑院の大納言殿朝光三月廿八日、中の関白殿道隆四月十日。これは世のえにはおはしまさず、ただ同じをりのさしあはせたりし事なり。小一条の左大将済時《なりとき》の卿は四月廿三日、六条の左大臣殿重信、粟田の右大臣殿道兼、桃園の中納言保光卿、この三人は五月

その年は賀茂の葵祭の前から疫病がはやり、世の中はひどく騒がしくなりました。次の年も疫病はいよいよひどく猛威をふるいました。大臣・公卿さえ多く亡くなりました。まして四位・五位の方は数えきれないほどでございました。

その年に亡くなられた殿方を数えますと、閑院大納言・藤原朝光様が三月二十八日に、中関白殿・藤原道隆様が四月十日に。これは世の疫病ではなく、たまたま同じ時期のことでした。小一条左大将済時様は四月二十三日、六条左大臣・重信様、粟田右大臣・道兼様、桃園中納言・保光様、この三方は五月八日に一度に亡くなり、山井大納言・道頼様は六月十一日でございました。かつてないことでござい

八日一度にうせたまふ。山の井の大納言殿道頼は六月十一日ぞかし。又あらじ、あがりての世にも、かく大臣、公卿七八人、二三月の中《うち》にかきはらひたまふこと。希《け》有《う》なりしわざなり。それも、ただこの入道殿の御 幸《さいはひ》の、上《かみ》を極《きは》めたまふにこそはべるめれ。かの殿ばら、次第のままに久しく保ちたまはましかば、いとかくしもやはおはしまさまし。

　まづは帥殿伊周の御心もちゐのさかさかしくおはしまさば、父おとど道隆の御病のほど、天下執行の宣旨下りたまへりしままに、おのづからさてもやおはしまさまし。

ましょう。ずっと昔の世にも、このように大臣・公卿が七人も八人も二、三か月にお亡くなりになるなんて、希有のことでございます。けれども、この入道殿、藤原道長様のご幸運は、位・栄華をこの上なくきわめたまうためだったのでございましょう。かの殿方がそのまま長生きされておられれば、道長様の御栄達はまったくなかったことでしょう。

　そもそも、帥殿・藤原伊周様（道長の甥）のお心違い（花山法皇に矢を射かけたことなど）がなければ、父の道隆様のご病気のおり、天下を治める執行になられる宣旨が下されたのですから、おのずからそのようになっていたのでございます。

宇治拾遺物語

今は失われた『宇治大納言物語』という説話集があった。著者は平安時代後期の公卿で、宇治平等院のそばに暮らしたことから宇治大納言とよばれる大納言源隆国（一〇〇四〜一〇七七年）である。その説話集は、門前を通りかかる人を上下の区別なく呼び止め、語らせた昔話を書き留めたものだという。

それから時が過ぎ、平安時代末から鎌倉時代の初めごろ、序に「大納言の物語にもれたるを拾ひ集め、またその後の事など書き集めたるなるべし。名を宇治拾遺物語といふ」と記された説話集が編まれた。署名はなく、著者は不明である。

『宇治拾遺物語』は全十五巻に計百九十七話が収録されている。「修行者、百鬼夜行にあふ事」「清徳聖、奇特の事」などの仏教説話、「大童子、鮭盗みたる事」「利仁、芋粥の事」などの世俗説話、「鬼に瘤取らるる事（こぶとりじいさん）」「雀報恩の事（雀の恩返し）」などの民間伝承が収められている。

ところで、鎌倉・室町時代は中世神話と総称される神仏習合の物語や説経節、御伽草子などに見られるような民話が豊富に語り出された時期である。

『宇治拾遺物語』はやはり鎌倉時代初期に編まれた説話集『古事談』（源顕兼編）、『沙石集』（著者は僧の無住）とともに嚆矢となった。右に記した「雀報恩の事」のように広く親しまれている話も多い。

打ち捨てられ、地を這う「餓鬼」と「聖」

『宇治拾遺物語』のつくられた頃の宗教界には、神仏習合と呼ばれる新しい動向が、大きな広がりを持ちはじめていた。もともと外来の思想である仏教の教えに、この列島に土着してきた伝統の神々をも包み込んで、異質なものの混合を通して、新しい別の秩序を生み出そうとする運動である。

具体的には、密教のマンダラ思想の中に、土着の神々を配置することによって、言わば大地の力を、思想の体系の内部に吸収する試みがおこなわれたのだ。その結果、日本土着の大きな神々は、仏と対等の位置を得て、エスタブリッシュメントをとげることができた。では、そういう場所にもひきあげられることのなく、路傍に打ち捨てられたようになってしまった、小さな神々や土地の精霊などはどうなったのか。「聖《ひじり》」と呼ばれる民間の仏教者たちが、大地にみちみてるそれらの霊を救ったのである。そして、彼らのおこなった慎ましいが美しい救済の事業は、歴史書でも思想書でもなく、じつは「説話」の物語によって、ようやく後世に伝えられたのだ。

この説話集の巻第二には、これに関してじつに印象的な話が伝えられている。清徳《せいとく》という聖がいた。母が死んで、その魂を成仏させるために、三年にもわたって、母の柩《ひつぎ》の周りで、千手陀羅尼を唱え続けて、とうとうその望みをかなえたという、大変な行者だった。この行が果てて、疲れ果てたまま西の京にたどり着いた清徳は、水葱《なぎ》の生えている所に出た。聖は持ち主の許しを受けると、三町もある畑に生えていた水葱という水葱を、つぎつぎと折って食べ尽くしてしまった。驚いた持ち主が飯を出すと、今度は一気に一石《いっこく》を平らげてしまう。そこで、藤原師輔卿《もろすけきょう》がこの聖を観察してみると、驚くなかれ、この僧の後ろには、「餓鬼《がき》、畜生《ちくしやう》、虎《とら》、狼《おほかみ》、犬、烏《からす》、数万の鳥獣」などが、ぞろぞろとついて歩いているのに、それが普通の人の目には、まったく見えなかったのだ。このおびただしい餓鬼や鳥獣たちが、聖の力をかりて、大量の水葱やら飯やらを、平らげていたのである。そのうちに、聖が四条北の通りにさしかかると、聖の後ろについてきた連中が、いっせいに糞《くそ》をたれはじめた。小路は黒い墨をまき散らしたような、汚い糞であふれた。しかし、これは尊い聖の御心のなす糞である。天皇はそこで縁起をかついで、この通りを「錦《にしき》の小路」と呼ばせた、という話である。

清徳という民間の聖が、このとき自分の後ろにぞろぞろと連れて歩いていたのは、一言で言うと「餓鬼と畜生」である。彼らは、神仏習合の体系などには、もちろん登録されない連中で、ちゃんとした寺社にも祭られることがないので、人々からお供物などの供養を受けることもない。供養とは、神仏に対する一種の「贈与」だ。人間は人間の社会の中で、たがいに贈与によって共同体の成員として結びつけられている。その人間は、神仏の領域にお供物の供犠（サクリファイス）を捧げることによって、想像上の贈与の関係を発生させる。こうして、共同体に生きる人も神も仏も、それによって、大きな贈与の環（サイクル）をつくりだし、生命の循環を生み出そうとしていたのだ。

ところが、その贈与の環の中に入れない、たくさんの「もの」たちがいた。人間で言えば、村や町の共同体に入れないものたち、霊の存在で言えば、子孫の供養を受けることのない横死者の霊や、もろもろの餓鬼や畜生や、大地をみたすもろもろのアニミズムの精霊たちなどが、それだ。これらの霊たちは、人の社会が推進役になる、宇宙的なエネルギー循環を生み出す贈与の環の中に、入れない。そのために、嫉妬《しっと》したり、怒りをいだいたりして、共同体に悪さをなすことがある。そういうものたちを、救済するのが、聖による仏教の教えだったのだ。

聖たちは全国を這《は》うようにして歩いた。そして、辻々《つじつじ》や峠や谷や廃屋や路傍の陰などに、これらの霊たちを見つけだしては、共同体のおこなう供犠の儀式などよりも、ずっと普遍性を持った仏教の慈悲の力がつくりだす、より広大な贈与の環の中に導き入れてやって救い出す、という事業にいそしんでいたのである。共同体が見捨てた餓鬼や精霊（折口信夫風に言えば、デーモン・スピリット）が、それによって、もういちど宇宙的なエネルギーの循環の中に、自分の居場所を見つけだせるようになった。説経節の『小栗判官』に語られているように、聖の活動を通して、「餓鬼の蘇生《そせい》」が可能になった。この時代を「説話の時代」と呼ぶならば、それはまったくこうした聖たちによる、失われた贈与の環を再建するという、一大事業によるものなのであった。

小さな精霊たちが、どうして餓鬼などに成り果ててしまったのか、というと、それはまったく、この列島上につくられた「国家」というものの存在による。部族的な共同体の上に、律令による国家ができた。その国家は大地の上に、大地から切り離された抽象的な力の機構をすえた。宗教もそれによって、大きく影響を受け、いままで人々が大切にしてきた大地の霊たちは、新しく形成された宗教の秩序の中には、きちんとした居場所を失ってしまった。宇宙エネルギーの循環は、国家がその運行を司るようになった。とうぜんそこから、精霊たちは排除された。いままで、大地にみちてその循環の業に従事してきた、小さな霊たちは、その結果として増与の環からはじきだされて、ジェラシーにみちた餓鬼に変貌することとなってしまった。

聖たちの大活躍がはじまる平安末から鎌倉にかけての時代、それはまた「市」の経済の発達と、説話の大隆盛の時代でもあった。その頃、律令をもとにした古代的国家は、政治においても宗教においても、権力としての機能を、すっかり失ってしまっていた。つまり、宇宙のエネルギー循環を司る機能というものを、国家が果たしえなくなっていたのだ。おまけに、つぎの世界の新しい循環機構をつくりあげることになる「貨幣」も、この時代には流通をストップさせてしまっていた。まことの意味での貨幣流通がはじまるためには、その流通をささえる市場システムが、働きだしていなければならないが、そのための「市」経済の回路は、全国的な規模で見れば、まだ十分な発達と整備をとげていなかった。その時代に、停止した循環の働きを回復するものとして、大きく浮上したのが、聖の存在と説話の流通なのだ。

聖と説話は、循環の環に入れないたくさんのものたちを組織する事業をおこなっていたのである。聖たちは宗教の手法によって、それを実践した。彼らは路傍に死んでいった人々の霊をていねいに弔い、不満をいだきながら大地にみちみてる亡霊や精霊や餓鬼たちの姿を、ありありと見届けて（清徳聖の能力の第一は、まずこれらの霊的存在を、はっきりとその目で見届ける力にあった）、供養のための食べ物をあたえたり、望みをかなえてやろうとした。国家や国家にささえられた仏教によっては、もはや宇宙のエネルギーの循環は、発生させられなくなっていたので、せめて、小さな霊的存在たちを救済することによって、大地の上にすがすがしい贈与の循環の風を、吹かそうとしたのである。

説話もまた、独特の優しさを、餓鬼や畜生と呼ばれた霊的存在に対しては、発揮したものである。物語の中では、人の意識の秩序の縁のあたりに押し込められているものどもが、堂々と自分の存在を主張できるからだ。これは、お話なんですよ、という前提がおたがいの間に共有されていれば、とんでもない百鬼だって夜行することができるし、不気味を不気味として、意識の表に浮上させることも許される。それどころか、人間はこうした不気味が、自分の感覚の秩序の縁に出現することによなき悦楽を感じる、「死の欲望」というものを潜在させた生き物でもある。物語には正義はいらない。そのかわり、物語を通して、人は自分の生命の底の部分にたえず打ち寄せている、生命の向こうにあるものの波動を、感じとることができるのだ。

国家が象徴を大規模に操作して、宇宙にエネルギー循環をおこすための、古代的体制が解体し、貨幣も流通をストップさせ、人々は共同体のオートノミー（自治能力）の復活と、自治的な共同体相互に、新しい形の交通をつくりだす方法の形成を模索していた時代である。この時代に、聖たちは無類の面白さをひめた説話を携えながら、循環の環をはずれたものたちの、宗教的な救済を求めて、全国を移動していった。『宇治拾遺物語』の面白さは、エネルギーの健全なる循環ということと結びついている。はるか後になって、近代の作家の芥川龍之介が、その面白さを再発見する。そのとき彼は、これらの物語が生命と霊の循環を発生させる、希望の書物であることをも、はっきりと意識していた。その当時すっかり宇宙との循環の回路を喪失してしまっていた生命をかかえた芥川は、しかし、いくつかの物語に幻想の生命を復活させることができただけで、中世のたくましい聖たちのように、死体のかたわらから力強く立ち上がることもないまま、その意識はどこまでも個体のこわばりをかかえたままに、自己破壊へと突き進んでしまったのである。

「清徳聖奇特ノ事」より

此聖こうじて、物いとほしかりければ、道すがら折《をり》て食《くふ》ほどに、主《ぬし》の男出《いで》きて見れば、いとたふとげなる聖の、かくすゞろに折《をり》くへばあさましと思て、「いかにかくはめすぞ。」と云《いふ》。聖「こうじてくるしきまゝにくふなり。」と云《いふ》時に、「さらばまゐりぬべくば、今すこしもめさまほしからんほどめせ。」といへば、三十筋ばかりむず〳〵と折くふ。此なぎは三町計《ばかり》ぞうゑたりけるに、かくくへば、いとあさましく、くはんやうも、みまほしくて、「めしつべくば、いくらもめ

清徳聖は三年間も物を食べず湯水さえ飲まずにお経を唱えて亡き母を成仏させた奇特の僧だった。その後、京に出たとき、聖は弱って食べ物が非常にほしかったので道わきの湿地のミズアオイを手折って食べていたところ、地主の男がいぶかしく思い、「どうして尊いお坊様がミズアオイなどを食べておられるのか」と問うた。聖が「空腹が辛くて食べた」と言うので、地主が「それなら召し上がりたいだけ召し上がってください」と言うと、聖は三十本ほどむしゃむしゃと折って食べた。そのミズアオイは三十町ほど植えられていたのだが、聖がむしゃむしゃ食べるのに驚き、その食いっぷりをもっと見たくなって、「食べられるなら、いくらでも

せ。」といへば、「あな、たふと。」とて、うちゐざり〳〵をりつゝ、三町をさながらくひつ。ぬしの男、『あさましう物くひつべき聖かな』と思《おもひ》て、「しばしゐさせ給へ。物してめさせん。」とて、白米一石とりいでて、飯《いひ》にしてくはせたれば、「年比《としごろ》物もくはでこうじたるに。」とて、みな食ていでていぬ。此男『いと浅《あさ》まし』と思て、これを人にかたりけるをきゝつゝ、坊城の右のおほ殿《との》に、人のかたりまゐらせければ、『いかでか、さはあらん。心えぬ事かな。よびて物くはせてみん』とおぼして、「結縁《けちえん》のために物まゐらせてみん。」とて、よばせ給《たまひ》ければ、いみじげなる聖あゆみまゐる。そのしりに餓鬼・畜生・とら、おほかみ、犬・からす、よろづの鳥獣ども、千万とあゆみつゞき

お食べください」と言ったので、聖は「ありがたい」と、しゃがんでミズアオイを折りながら進み、三町のミズアオイを食べ尽くした。地主の男は「あきれた大食いのお坊様だ」と思い、「ちょっとお待ちください。ほかの物をさしあげます」と白米一石を取り出し、飯をたいて食べさせたら、聖は「この何年か物を食べなかったので弱ってしまった」とみんな食べて出ていった。

　地主の男はあきれはてて人に話したところ、坊城の右の大殿・藤原師輔卿に話したものがあった。師輔卿は「そんなことがあるはずがない。呼んで飯を食わせてみよう」と思い、「聖と仏縁を結ぶために食べ物を布施しよう」と聖をお呼びになる

てきけるを、この人《びと》の目に大《おほ》かたえみず……

と、師輔卿の目に尊い聖が歩いてくるのが見えた。その後ろに餓鬼・畜生の幽鬼や、虎、狼、犬、烏などが幾千万とついてきているが、ほかの者にはまったく見えないのだった。

夜の寝覚

『夜の寝覚』は『源氏物語』の影響を受けて平安時代後期に書かれた物語。『夜半の寝覚』『寝覚語』などともいう。作者は『更級日記』の菅原孝標女《たかすえのむすめ》（一〇〇八～没年不詳）と言われる。

冒頭に「人の世のさまざまなるを見聞きつもるに、なほ寝覚めの御仲らひばかり、浅からぬ契りながら、よに心づくしなる例は、ありがたくもありけるかな」と主題と主人公が示されている。世の男女のことはいろいろ見聞きしているけれど、この寝覚めのお二人ほど、深い縁で結ばれながら悩ましい例は珍しいという。

その主人公の一人は源氏の太政大臣の中の君（次女）で、「寝覚の上」とよばれる。十三歳と十四歳の十五夜の夜、天人が二度にわたって琵琶の秘曲を教えるが、そのとき、「これほどの弾き手が悩み苦しむ宿命をもつとは」と不吉な予言をする。

もう一人の主人公は関白左大臣の長男の中納言（男君）で、中の君の姉と婚約をしていたが、ふとしたことで中の君と契り、中の君はその子を身ごもってしまう。その後、中の君は心ならずも老関白と結婚し、帝に思いを寄せられたりするが、男君への思慕は続き、秘かに逢瀬を重ねる。

この物語は五巻より成るが、巻二と巻三の間に大きな欠損部分があり、巻五の末尾も失われている。

精神分析としての物語

日本人にとっても、「物語」は、霊と深いかかわりを持っていたのである。「物語」はまちがいなく「モノの語り」であり、「モノ」とは「ツキモノ」や「モノノケ」といった言い方からも予測がつくように、合理性の外にあるなにかの活動を言い表そうとした言葉だから、それを一言で霊と呼ぶことにすれば、「物語」とは霊の顕現をよびさましたり、霊の臨在のもとにおこなわれる言語活動ということになるだろう。

だから、どうしてもそれは、西欧で発達した精神分析学のようなものと、よく似た性格を持つことになるのだ。精神分析も、「モノ（Das Ding）」について語る。人の意識活動の岸辺には、不気味な生命のさざ波が、たえまなく打ち寄せている。そのさざ波は、人の心の底部には「原抑圧」という仕組みがつくられていて、それが意識の中には、直接入ってこないようにしてある。ところが、ひょっとした拍子に、その仕組みが崩れて、「モノ」のうごめきが、意識の中に侵入をおこしてしまうことがある。

そのとき、合理性でできた日常生活の中には、無意識的なものが、奇妙な表現をとって、浮上してくることになる。古代だったら、それを霊の出現と呼んだところだろうが、精神分析学は、そこに「モノ」ないし「エス」の浮上を認めるのである。「モノ」が浮上してくると、その影響で、人の意識の活動には、めだった変化があらわれてくる。社会に向かってつくられた、合理性の人格の下に隠されていた、見たこともなかったような、心の働きが表にあらわれてくるので、人格はゆるやかに複数への分裂をはじめるのだ。一人の中に、こうしていくつもの人格、いくつもの感情が、同時にあらわれてくる。そのために人格は重層化して、ひどい葛藤をかかえこむことにもなる。

宗教の場合には、それを霊の方にすくい上げて、人格分裂やはげしい葛藤に、ちゃんとした社会的な意味付けをあたえることができる。ところが、うわべではにぎやかな供養や法要をおこなってはいても、霊性が宇宙を貫流する力の流れとして、健やかな流動をおこないにくくなってしまった、都市的な世界では、いったん人の心に浮かびあがってきた「モノ」の力は、いきおい個人の心の内側に、屈折と沈殿をおこして、よどんだ心理の沼地をつくってしまうことになる。

私の考えでは、『源氏物語』にピークを迎える、物語文学の生産とは、そんなふうにしていったん身動きもつかなくなってしまった、心の内側に滞留した「モノ」に、言葉の表現をあたえることで、脱出への動きをつくりだしてやろうとする、セラピー効果を持った、言葉の薬物として発達したのだろう、と思えるのだ。物語の中で、源氏をはじめとする登場人物たちは、自分の心がいくつもに分裂していくのを発見して、悩んだり、葛藤したりしている。理性では、こんなことをしてはいけない、と思っていても、何かの見知らぬ力が、彼らの内でうごめきだして、人格の統一を突き崩そうとするのだ。

それを、物語の登場人物たちは、仏教の口真似をして、この世の苦であることの証だ、などと自分をなぐさめ、納得させようとするのだけれど、本当のことを言えば、こうやって積極的に分裂していくことによって、「モノ」に流動を生み出させて、ついにはどこかのカタルシスの岸辺にでも、到達させてみたい、という願望を持って、この人格の複数化という、小説的事態を、むしろ喜んで、自分のもとに引き寄せようとしているふうに見える。

だから、平安時代の宮廷に発達したこの物語文学を、一種の精神分析的システムとして、理解することができる、と思うのだ。精神分析の根拠が、意識の外にある「モノ（Das Ding)」や「エス（無意識)」の活動であるように、物語の語りに根拠をあたえてくるのは、心の深層にたえまなく打ち寄せる、「モノ」や「霊」の働きだ。精神分析学が、統一された人格は、ひとつの幻想であると宣言することによって、悩める魂にひとつの救いをもたらしたのと同じように、物語は、積極的に人格の分裂や複数化の事態を、登場人物の「業」として、つくりだしてみせることで、それを読むものの心に、滞留した状態からの脱出口を、あたえようとする。

こういう物語文学の特質は、『夜の寝覚』にいたると、ほとんどむきだしのキッチュにまで、いたりつくのだ。源氏は男性であったから、外界への行動が、活発におこなわれた。そのために、内面には分裂や葛藤を抱きながらも、外面における人格の統一は、しっかりと保ち続けられた(そうでなければ、彼は政争の勝利者となることなどは、できなかった)。ところが、この小説の主人公の、内面の分裂ぶりのみごとさ、葛藤のすさまじさといったら、どうだろう。もうほとんど、彼女は、そういう状態を、快楽してさえいる。しかも、この小説には、最期の部分が欠けているので、後世の読者には、いっさいのカタルシスへの可能性が、絶たれている。源氏の魂は、雲の彼方の無のなかに、救いとられていったのに、ここでは、主人公「夜の寝覚」には、分裂の果てにたどり着く地点さえ、あらかじめ奪われているのだ。

それればかりではない。『夜の寝覚』は、ひたすら個人の心理生活の内面に沈んでいくことによって、そこに「モノ」の実在を、直観するにいたるのだけれど、それを六条御息所の生霊ならぬ、女主人公みずからの生霊の活動として、表現することによって、物語文学の持つ精神分析的構造を、露骨にあらわにしてみせたのである。光源氏の前には、夕顔をとり殺すほどの力を持った、六条御息所の生霊があらわれた。そのことによって、『源氏物語』は、間接的に、「モノガタリ」の深層の原動力が、霊的なものの力であることを、暗示しようとした。ところが、ここでは、女主人公自身が、本人の知らぬまに、生霊となって、愛人とその正妻の前に出現することによって、「モノガタリ」の構造を、キッチュな形で、露呈してみせている。

生霊とは何か。それは、人格の深部には、意識にはとらえることのできない、「モノ（Das Ding）」の活動が、たえまなく活発にうごめいているという、心理学的認識をあらわすためにつくられた、ひとつの比喩である。人という現象の全体を、人格によって統御することはできない。人格は複数の分裂をかかえているどころか、その深部にいたっては、まったく人格とは無関係な、無責任な活動を平気でおこなうこともある、という、まことに困った事実の認識だ。

女一の宮の上に、自分の生霊があらわれて、ひどい恨み言を語りだしただけではなく、それをこともあろうに、愛人である男主人公に、聞き取られてしまったのである。そのことを、女主人公は、まったく知らなかった。そして、人の噂でそれを知ったとき、彼女は恐ろしい衝撃を受ける。「まことに、いみじうつらからむ節にも、身をこそ恨みめ、人をつらしと思ひあくがるる魂は、心のほかの心といふとも、あべいことにもあらぬものを」。「心のほかの心」、人格の外にある無意識の活動などというものは、あってはいけないものなのに、こんな形であらわれることになってしまって……という気持ちである。

ことここにいたって、平安の物語文学は、みずからの精神分析学的構造を、はっきりと自覚するにいたったのである。古代の「モノガタリ」は、宇宙を貫流する霊の動きとともにあった。それは、別に霊（モノ）が語るのが「モノガタリ」である、というのではなく、語りということが、いつも霊の働きとともにあり、しかも、語りがおこなわれるたびに、霊の動きが人の世界には発生する、という認識があったのだ。その「モノ」が、個人の内面に閉じ込められて、そこにあまりにも鋭利な意識が注がれるようになったときに、私たちの物語文学は、発生することになった。宇宙的な力の動きは、そこでは、心理の動きに狭められて、古代における霊は、心理現象と結びついた生霊に、姿を変えるのである。

では、そういう物語の末裔である、現代の日本文学では、どういう事態がおこっているだろうか。物語を深部でつき動かしていた、合理的認識によってはついにつかまえることのできない「霊の動き」は、そこでは、いまや人格を持たないウィルスの活動に姿を変えて、実体性をあたえられ、人格の複数化は、いとも楽しげなこととして語られている。しかも、そういう事態が、何か新しい人間的現象のあらわれであるかのような幻想が、現在進行形で、せっせと紡ぎだされているのだ。古典文学の古さを笑うことなどできない。現代日本の小説家たちは、科学技術の知識という外被をめくってみれば、案外、『夜の寝覚』の世界から、さほど遠くへは進んでいないのではないだろうか。

「巻四」より

かく明け暮れ語らひ遊びつつ、尽きせぬ心のうちも、こよなく慰み紛れ、寝覚《ねざ》めの夜長さも、過ぎにしかたのやうに、絵かき、雛《ひいな》遊びし、手習《てならひ》などして、遊び暮らし明かいたまふよりほかのことは、みな紛れたまふ御心のうちなるを、宮は、絶え入りたまひたりし後《のち》、いと重くなりたまひて、絶え入りがちにおはしますを、大臣《おとど》の、かかる折《をり》とても一つにもあらず、紛れがちに、心そらなるさまなるを、「妬《ねた》し」と、后《きさき》おぼしめして、「おのれも、いと弱うくづほれにたり。さべき仲こそ、

こうして朝晩、語り合ったり遊んだりして、悩みの尽きない寝覚の上の心もうって変って晴れ晴れと慰み、寝覚めの夜長も、かつての少女のころのように、絵を描くは、雛で遊ぶは、手習をするは、といった遊びに夜も明けるまで打ち込まれて、ほかのことはみなお忘れになる思いでおられるのだったが、一方、それにひきかえ、女一《おんないち》の宮《みや》のほうは、人事不省に陥られて以後、ご容態がどっと重くなられて、しばしば意識を失ったりなさるのだが、こうした危急の際にもかかわらず、内大臣が一心に看護するでもなく、とかく外出がちでうわの空に見えるのを、「憎い」と大皇《たいおう》の宮《みや》は歯嚙《はが》みするお思いで、「私もすっかり気が弱りくじけてしまいました。

かかる折は頼もしかなれ。このころばかりだに、もて狂ほされたまはで、扱ひきこえたまへ。にくく、すさまじくは思ひきこえたまふとも、院の上《うへ》のきこしめさむところは、おぼすまじくやは。それは、いつもいつも見なづさひぬべき人、宮は、生きとまりたまはむことも難《かた》かめり。このころばかりだに、念じて見たてまつりたまへ」と、果ては譲《ゆづ》りて、召し据《す》ゑぬれば、いとことわりにて、えも立ち退《の》きたまはず。

御髪《みぐし》は、こちたくきよらにて、九尺ばかりおはしますを、結《ゆ》いてうちやられたり。もとも、気高《けだか》く、をかしげにおはします人の、いたく弱りくづほれたまへるは、「かくてこそ、なかなかあはれげにおはしましけれ」と見たてまつるに、をかしう、かなしきかたは、

夫婦の仲こそこうした際には頼りがいのあるものと聞いています。せめてここしばらくなりと、あの女に迷わされないで、宮の看病に努めてあげてください。宮のお心の内で女宮を憎い、気に入らぬとお思いになるとしても、院の上がどうお聞きあそばすか、その点をお考えにならぬはずはありますまい。あの女は、いつでも思いどおりに睦《むつ》み合える人ではありませんか、宮はお命をとりとめるかどうかもむずかしい様子なのです。せめてこの際だけでも我慢してお世話してさしあげてください」と、果てはご看病を内大臣に任されて、ご病床に召し座らせてしまったので、まことにもっともな話ではあり、内大臣は座を立つこともおできにならない。

おろかならず見たてまつりたまふに……

女一の宮の御髪は、たっぷりと豊かで、九尺ばかり見事なのを、結んで枕もとに無造作に置いておられる。もともと気品の高い美しいお方がひどく衰弱して気力もなくいらっしゃるのは、「ご病気なさって、かえって、しっとりと愛らしさが加わってこられたな」と拝見するままに……

日本書紀

『日本書紀』は舎人《とねり》親王（天武天皇の皇子）らによって編纂《へんさん》され、奈良時代初期の養老四年（七二〇）に完成して全三十巻と系図一巻が時の元正天皇に奏上された（系図一巻は現存しない）。これ以前に『古事記』が書かれ、和銅五年（七一二）に完成しているが、天皇の勅命によって編纂された国家の正史としては『日本書紀』が最初で、漢文の編年体で記されている。

『日本書紀』の巻一と二は神代の巻で、『古事記』と同様に天地開闢《かいびゃく》やアマテラスの神話である。そして巻三の神武天皇の巻から歴代天皇の帝紀（天皇の代ごとの年代記）に入る。神武天皇は天孫降臨の高千穂峰（宮崎県）から東征して紀伊や大和の荒ぶる神々を平定し、今の橿原《かしはら》神宮（奈良県橿原市）の地に宮を設けて、人皇初代の天皇として即位したという。『古事記』にも類似の神武東征の神話があるが以後の帝紀は簡略で、第三十三代推古天皇（在位五九三〜六二八年）で終わる。それに対し、『日本書紀』は帝紀としての性格が強まって歴代の記述が詳しく、第四十一代持統天皇（在位六九〇〜六九七年）まで続く。

以後、平安前期の第五十八代光孝天皇（在位八八四〜八八七年）まで、六国史と総称される正史が編まれた。

六国史は『日本書紀』『続日本紀』『日本後紀』『続日本後紀』『日本文徳天皇実録』『日本三代実録』で、最後の『日本三代実録』は、天安二年（八五八）から仁和三年（八八七）まで清和・陽成・光孝天皇三代の記録である。

老獪なる国家建設の書

『日本書紀』は、歴史書である前に、まず政治思想の書としてつくられた書物だ。この本のモデルになっていると言われる、中国の『漢書』でも『後漢書』でも、歴史というものの概念は、国家の概念と一体になっている。部族的な社会の上に、国家というものが誕生して、その国家という視点から世界を見渡してみたときにはじめて、普遍的な歴史というものをつづることも可能になる。こういうことが、中国では、ごくすんなりと実行に移されたのである。

ところが、日本の列島に国家が生まれたのは、かならずしも内部的な必然からおこったことではなく、中国につくられた強力な国家が、周辺の部族社会連合に強い影響をあたえて、ヴェトナムや朝鮮半島やこの日本にも、中国に対して国家としての立場で、朝貢をおこなうことのできる、政治組織の誕生をうながしていたからである。日本の列島に国家が生まれたのは、外圧によるのだ。

そのために、のちに天皇と呼ばれることになる、「大王」を中心につくられた大和の政治権力は、中国人が考えていたような「国家」というものとは、そぐわない面を、たくさん持っていた。となると、そういうところで、中国の史書に模して、一国の歴史書をつくるという場合に、まず『日本書紀』の作者たちがとりくまなければならなかったのは、大王ないし天皇を中心にしてつくられた政治体制を、いかにして普遍性をそなえた国家として、解釈していったらよいのか、という問題だったのだ。そこで、歴史を記述するふりをしながら、この本の作者たちは、天皇を中心にする政治組織が、中国や朝鮮半島の諸国家に堂々と対峙しうる普遍性を持った、まぎれもない「国家」であることを、じわりじわりと提示していこうとしている。

そこには、三つの要素がからみあっている。ひとつは、「大王」の概念がはらんでいる矛盾だ。雄略天皇と武烈天皇が体現した、「大王」の性格に、それはよくしめされている。この二人の天皇を、『書紀』の作者は、規格はずれの大悪の天皇として、描きだしている。雄略天皇は、狩猟に出た葛城山《かずらきやま》で、異常に背の高い怪物のような一《ひと》言主神《ことぬしのかみ》と出くわしても、少しもひるむこともない豪気の持ち主ではあったが、その反面では、きわめて気が短くて、残忍の性格をそなえていた。部下の者のちょっとした失敗にも怒りだして、すぐに相手を殺してしまうのだ。武烈天皇がその晩年にしめした、猟奇的な性格となると、さらにすさまじい。胎児がどうなって母親のお腹の中にいるのか見たいと思って、すぐに妊娠している女性のお腹を裂かせて観察してみたり、女性たちに馬と交尾をさせてみたり、ととにかく変態じみた、大悪の行状を重ねたのである。

これを淡々と記述する作者たちは、「大王」というもののはらむ矛盾を、よく考慮に入れていた、と思われるふしがある。とにかく「大王」は、過剰をかかえた存在なのだ。部族の首長の場合には、こういうふるまいは、めったなことではおこさない。彼らには、あくまでも群れのリーダーとして、合理的な判断力と高い倫理をそなえた人格が必要とされていたからである。このことは、国家を持たなかったアメリカ・インディアンの部族の首長たちの人格や行動を見ていると、よくわかる。ところが、国家というのは、そうした部族の結合したものの上にできる概念であり、そのとき王たちの王たる「大王」は、合理性や道徳性をこえたある種の神秘的な過剰を、一身にそなえることになったのだ。

「大王」としての天皇のかかえる過剰性（それは性的な能力や、異常な性格となってあらわれる）は、はたして普遍性をそなえた国家の考えと、どうやったら調停できるのか。中国ならば、こういう大悪の皇帝があらわれれば、いずれ天の命による革命によって滅ぼされていくだろう（少なくとも、史書にはそう書かれるだろう）。ところが、わが天皇制にあっては、王権のかかえる過剰性は、むしろひとつの本質をなしているのだ。このあたりの矛盾をどう処理して、天皇というものを、中国人あたりが語っているような、合理的な政治思想にどう適合させていくか。『書紀』作者の、ここがひとつの腕の見せ所である。

二番目の要素、これは国際政治に関係している。中国に大国家が成立したことは、周辺の諸民族に、同じような性格を持ったたくさんの「国家」の成立をうながし、それがとりわけ東アジアでは、複雑で動揺をはらんだ、政治情勢をつくりだしていたのである。これら諸国家は、おたがいに朝貢という贈与交換をとりかわして、関係バランスを調整したり、それがうまくいかなくなると、戦争の手段に出ていた。日本はその頃、任那日本府という奇妙な存在を媒介にして、百済・新羅・高句麗の三つの国家が、中国を背景にしてつくりだしていた、三つ巴の勢力争いに、積極的に参加しようとしていた。

つまり、小国家の間に演じられる、国際的な政治ゲームに参画することによって、日本はむしろ自分が、そういう国際的なゲームに参加資格を持った、立派な国家であることを、内外に確認しようとしていたように、思えるのだ。『書紀』の作者たちは、朝鮮側の資料なども駆使して、その抗争や調停の過程を、克明に記述しようとしている。その説明が、果して当時の政治的現実を、正確にあらわしているかは、おおいに疑問だ。しかし、ここで重要なのは、そんなことではなく、たとえば、武烈天皇の猟奇行為の記述のすぐあとに、百済王の朝貢の記述をさらっと挿入することによって、

「大王」でもある天皇を中心につくられたこの国家が、国際的な国家間の政治問題にきちんとした対応をみせている、という事実をしめして、そこにさりげなく、普遍性の印象を塗り込めていることのほうにある。こういうやり方で、『書紀』という書物は、外圧によってこの列島に生まれた「国家」が、自分の外部というものを意識することで、自己確認をおこなう場所をつくったのだ。

三つめの要素は、仏教である。この当時の東アジアに成立したどの国家も、仏教を必要としていた。それは、インドに発生したこの宗教には、新しい「普遍」の概念が、明確にしめされていたからなのである。この教えでは、それまでの宗教のように、絶対ないし普遍の神というものと、それぞれの土地に所属した人間の関係を問題にしているのではなしに、人間そのものの実存条件が、主題化されていた。つまり、どこの地方の、どこの民族の、どんな環境に生まれようとも、仏教が問題にしている普遍的な「人間」であることには変わりない、とこの教えは説いたのである。

そうなると、当時成立しつつあった、さまざまな「国家」が、仏教を国の宗教として取り入れることには、深い政治的かつ人間学的な意味があった、ということがわかるのだ。仏教を導入すれば、たしかに土着の神々のご機嫌は悪くなるだろう。だが、それを代償にしても、その頃の「国家」には、仏教と一緒に導入される、新しい普遍の概念が必要だった。これからつくられようとしているのは、これまであったような大地と一体になった部族の連合体とは、本質的な違いを持った「国家」なのだ。それは、部族や土地の境界を超える、普遍性を備えていなければならない。日本の場合、天皇を中心につくられる国家の体制が、「公」の権力を持つためには、権力の中枢部には、ある種の普遍性がセットされていなければならない。それが、じつは仏教だったわけだ。

大王時代以来の天皇の神秘的な権力と、当時の流動する国際情勢の変化と、日本人の頭脳に新しい普遍の概念をセットするための仏教の浮上と、これら三つの要素が入り乱れ、複雑に錯綜しながら、『日本書紀』という書物は、つくられているのである。この錯綜のさなかをぬって、東アジアの一角、この日本の列島に、天皇を中心として形成されているこの権力は、紛れもなく、中国の史書が説く「国家」というものにほかならない、という自己確認をおこなうためだ。

それが、じわっじわっとあきらかになってくるよう、この書物は仕組まれている。そして、推古天皇の条にいたって、錯雑の雲間にあたかも陽光の差し込むかのようにして、いかがわしい部分もかかえこんだ天皇の権力が、すっきりとした普遍性を持った「国家」の概念のほうに、整えられてくる、という感動的な場面に、私たちは立ち会うことになるのだ。廏戸皇子《うまやどのおうじ》聖徳太子の登場である（巻第二十二）。

廏戸皇子の驚くべき知性の中で、はじめて、矛盾をはらんだあの三つの要素が、ひとつの秩序をつくりだすようになる。それによって、日本は中国でも朝鮮でもないという、独自性を保ちながら、堂々として普遍的な国家として、東アジアにくりひろげられる国家間の権力ゲームに参画するための、存在理由《レゾンデートル》を獲得する。こうして『日本書紀』は、きわめて老獪な手法によって、この国にはじめて、政治思想というものを、書きあげてみせたのである。

「推古天皇・十二年」より

十二年春正月戊戌朔、始めて冠位を諸臣に賜ふ。各差有り。夏四月丙寅朔戊辰、皇太子親ら肇めて憲法十七條を作りたまふ。一に曰く、和を以て貴しと為し、忤《さか》ふること無《な》きを宗《むね》と為《せ》よ。人皆党有り、亦達《さと》れる者少し。是を以て、或は君父に順《したが》はずして乍《ま》た隣里《さととなり》に違《たが》ふ。然れども上和《かみやはら》ぎ、下睦《しもむつ》びて事《こと》を論《あげつら》ふに諧《かな》ふときは、則ち事理《ことわり》自らに通《かよ》ふ、何事か成らざらむ。二に曰く、篤く三宝を敬《ゐやま》へ。三宝は仏法僧なり。則ち四生の終帰《をはりのよりどころ》、万国の極宗《きはめのむね》なり。何《いづれ》の世《よ》何の人か是の法《みのり》を

推古天皇十二年（六〇四）春一月一日、初めて十二階の冠位を諸臣に授けた。位によって冠の色が異なる。

夏四月三日、聖徳太子はみずから憲法十七条をつくられた。

第一にいう。和を尊び、争うことがないように心得よ。人は徒党を組むもので、達観の人は少ない。そのため、君主や父に従わなかったり近隣に逆らったりする。しかし、上も下も親しく論議するなら、おのずから事の道理にかない、何事も成就するであろう。

第二にいう。あつく三宝を敬え。三宝とは仏と法と僧である。仏法は生きていくものの依り所であり、万国の究極の法である。どんな世でも、どんな人でも、この法を貴ばない者はない。人

貴ばざる。人尤《はなは》だ悪しきもの鮮《すくな》し、能く教ふるときは従ふ。其れ三宝に帰《よ》りまつらずば、何を以てか枉《まが》れるを直《ただ》さむ。三に曰く、詔《みことのり》を承《うけたまは》りては必《かなら》ず謹め。君《きみ》をば則ち天《あめ》とす、臣《やつこら》をば則ち地《つち》とす。天覆《おほ》ひ地載《の》せて、四時順《よつのときめぐ》り行き、万気《のしるしかよ》通ふことを得。地、天を覆《おほ》はむと欲《す》るときは、則ち壊《やぶ》るることを致《いた》さむのみ。是を以て君言《のたま》ふときは臣承り、上《かみ》行ふときは下靡《しもなび》く。故に詔を承りては必ず慎め、謹まずんば自《をのづ》からに敗《やぶ》れなむ。四に曰く、群卿百寮、礼を以て本《もと》と為《せ》よ。其れ民を治むる本は、要《かなら》ず礼に在り。上《かみ》礼なきときは下斉《しもととの》ほらず、下礼無《な》きときは、必《かなら》ず罪有り。是を以て群臣礼有るときは位次《くらゐのつい　で》乱れず、百姓礼有るときは国家《あめのした》自からに治る。

にはまったくの悪人は少ない。よく教えれば従うものである。仏法によらなければ、何をもって曲がった心を正せようか。

第三にいう。詔をうけたときは必ず謹んでうけよ。君主は天、臣下は地である。天が地を覆い、地が天を載せてこそ四季が順調にめぐり、万物の気が通う。もし地が天を覆おうとすれば、秩序は破壊されよう。この点から、君の言葉を臣下はうけ、上の行いに下はならう。ゆえに詔をうけ、必ず謹んでうけよ。そうでなければ、おのずから破滅するであろう。

第四にいう。朝廷の群卿、文武百官は礼を根本とせよ。民を治める根本の要は礼にある。上に礼がなければ下は乱れ、下に礼がなければ必ず罪を犯す者がある。この点から、群臣に礼あれば位階の秩序は乱れず、人民に礼あれば国家はおのずから治まる。

近松門左衛門

近松門左衛門（一六五三～一七二五年）は江戸時代前期の人形浄瑠璃の脚本作者で、歌舞伎の脚本も書いた。越前福井の藩士の子で、本名は杉森信盛。十二歳のときに父が仕官を辞して京に上ったために京で暮らし、二十歳の頃から浄瑠璃を書き始めた。初めは京の宇治座の加賀掾《じょう》のもとで脚本を書き、仇討ち物の『曾我物語』の後日談、『世継曾我』（一六八三年）が好評を得た。

『世継曾我』は天和四年（一六八四）、大坂の竹本義太夫の竹本座の旗揚げ興行でも演じられたが、竹本義太夫のために書き下ろした『出世景清』（平家の残党の苦悩を描いた時代物）が大人気を博し、以後、続々と脚本を書いた。

そのころ脚本作家の地位は低く、作品に署名もないのが普通だったが、貞享三年（一六八六）の『佐々木大鑑』で近松門左衛門と初めて署名。その名の由来は明らかではないが、一説には近松寺という寺に住んだことがあったからだという。そのころには人形浄瑠璃を見て楽しむだけでなく、本で読んだり自分で浄瑠璃を語る趣味人が増え、脚本の出版が盛んになった。近松門左衛門は初期の浄瑠璃・歌舞伎の代表的な作家である。

近松門左衛門は生涯に百以上の作品を書いた。その作品の大半は当時の主流だった時代物（歴史や伝説をもとにした『国性爺合戦』『平家女護島』など）である。そのほか、町人を素材にして世話（口語）で書かれた世話物の『曾根崎心中』『心中天網島』『女殺油地獄』などが代表作とされる。

人形、悲劇の化身

近松門左衛門の戯曲のほとんどが、竹田出雲の主宰する人形浄瑠璃劇団のために書かれている。このことが、彼の作品の本質を決定づけているのである。台本作者は、浄瑠璃の音曲にあわせて、言葉の選択や配置をきめなければならなかったから、そのことは当然とも言える。しかし、はじめそれが人形によって演じられるために書かれた、という事実ほど、そのことは重要な意味を持っていない。人形が恋に狂ったり、嫉妬の炎を燃やしたり、人目を忍んだ道行をおこなったり、情死をとげたりするのだ。そのことが、彼の戯曲の内部構造まで、決定づけているのである。

大型の人形を扱う、竹田座のタイプの人形劇では、一体の人形を数人が協力して操作する。腕の動きなどは、人形遣いの体の動きに沿った曲線運動を描くけれども、指の動きや、足の運び、顔の表情、目や口の表情などは、じっさいに観客が見ている動きとは、まったく種類の違う動きが、人形の背後でおこなわれているのである。人形遣いは、垂直や水平の方向に、棒や糸を操作する。すると、人形につけられたカムの働きで、それらの動きは、曲線運動に姿を変えて、見ている方の目には、人形が人間そっくりの表情で、泣いたり、かげりを見せたり、喜びに輝いたりするように、見えるのだ。

一体の人形は、一人の人間の主体性を表現している。しかし、その主体性は、背後に隠れている、複数の人間の手によって、生命をあたえられている。しかも、その主体の感情や思考の、いかにも具体的でヴィヴィッドな動きそのものが、もともとはこの背後にいる複数の人間たちがおこなう、抽象的な運動からつくりだされたものであることも、人形の演ずるこの主体に、不思議な性格をあたえている。つまり、同じことを人間の役者が演ずるのとはちがって（この場合には、人格に統一をあたえる魂が、その動きを司っている）、人形劇の場合には、主人公たちをつき動かしているのが、世間の背後にひそんでいる、人格を離れた、複数の、抽象的な力のうごめきである、という様子が、観客にもはっきり感じとれるようにつくられている。そして、そのことによって人形劇は、主人公たちの運命をつき動かしているのは、理性によってはいかんともしがたい、世間を超え、良識を超え、意識を超えた、宇宙的な力であることを、実感させようとするのだ。

同じことを、ギリシャ悲劇では、舞台の袖に隠れている、無名で、複数の、合唱隊（コロス）の合唱によって、表現した。人間を深層でつき動かしているのが、法でも、理性でも、人格の統一でもなく、そうしたものをはるかに超えた、宇宙的な力であるという事実に直面するときに、悲劇は発生する。

近松門左衛門は、その時代、空前絶後の表現にたどりつこうとしていた、日本の人形劇の本質を、最大限に発揮してみせることによって、純粋な欲望はついに法を超えてしまう、という厳粛な事実を、悲劇として描きだすことに成功したのである。

近松の作品の場合、悲劇はたいてい、ちょっとした衝動的行動や、感情に走ったささいな行動がもとになって、前面に浮上してくるように、仕組まれている。大経師《だいきょうじ》以春の妻さんと手代茂兵衛の、死をかけた逃避行なども、もとはと言えば、さんの嫉妬から生じた衝動的行動から、引き起されたものだ（『大経師昔暦』）。夫が店で働く少女に横恋慕して、毎晩のようにくどきにやってくるという話を聞いた彼女は、この少女の寝床の中に隠れて、忍んでくる夫を待ち受けていたのだが、どうしてそういうことになったのか（まあ、その理由づけらしきものはあたえられているのだけれど）、少女を抱こうとして忍んできた茂兵衛と、その少女の寝床の中ではからずも結ばれてしまうのである。こうして、死を賭した二人の逃避行ははじまった。

なんとも、理不尽な話ではないか。じっさい、その理不尽さには、当人たちもあきれていたらしく、大団円、馬の背に二人してくくりつけられ、群衆にさらされて京に運ばれていく道中、二人はこんな会話をかわしている。

祭文《さいもん》おさん、茂兵衛に言ふやうは、《ウキン》よしなき女の悋気故、《ハル》なんの咎なきそなたまで、あれ不《ウ》義者と危日、《ウキン》《フシ》つひに命の滅日……たゞ何事も《ウ》かんにちと、声も、涙にかきくるゝ。
歌《うた》茂兵衛やうく顔を上げ、こは愚かなり、おさん様《下》、火に入り水に入《ウ》ることも、さだむ因果とあきらめて、せめて未来のくろ日を《ウ》逃れ、二季の彼岸に至らんと、念じ給へや、南《下キン》無阿弥陀……

おさん、茂兵衛の数奇な運命をあやつっているのは、「さだむ因果」という、世間の法を超え、人間の制御を超えた、宇宙のダルマなのである。それは、無数の因縁の糸が、複雑にからみあいながら全体運動を続けていく、超理性的な力であり、その力はときおり噴出して、当事者たちを、世間の法の埒外《らちがい》へと追いやっていくのである。そのとき、近松の劇の主人公たちは、人間のものとは違う動きをする抽象的な力にさらされ、しかもその力は複数の方角から、彼らのもとに雪崩《なだ》れかかるように結集してくるのだ。

その様子は、まったく人形劇の仕組みそのものではないか。人形のしめす驚異的なほどによく出来た人間的な動きは、複数の遣い手の体からくりだされる、垂直や水平に動く、抽象的な運動によってつくりだされるのである。人形はいつも、そういう自分の人格の外にあるものの力に、つき動かされている。

そして、観客は、その構造を、はっきり直観しながら、この虚実の境界面上で演じられる悲劇に、自分たちの実存のあり方まで、感じ取っていたのだ。人形の表情や動きには、まるで一個の魂がやどっているようで、そこに一人の人格があるように感じる。ところが、その人格の統一というのは、一種の「構造効果」として、泡沫《うたかた》のごとき出現をとげる幻影のようなものにすぎないのである。

人間は、この世間の中を、パペットとして生きている。背後にひそんでいるパペットの遣い手がちょっとしたはずみに、はめをはずした動きをすると、その抽象的な動きは、人間の世界の中では、獄門や磔《はりつけ》の刑罰の前に人を押し出していく、理不尽な具象活動となって、現象する。すぐれた人形劇は、そのことをはっきりと直観的に、観客にわからせる力を持っている。

近松の幸運は、日本の人形劇がそういうことができるほどに、高度なレヴェルに達した頃に、それと出会って、思うさま自分の能力を発揮することができるような立場に立てた、ということにつきるのではないか。

人の意識の奥底にあるものを表現するための人形なのである。近松門左衛門の芸術は、人形というものの持つ、この不気味な性格と、密接なつながりを持って発展した。

それは、井原西鶴のような人物が、近松と同じ時代の本質をとらえるために、貨幣に翻弄される人間のふるまいに着目したのと、とてもよく似た現象なのである。西鶴がとらえた商人の世界では、貨幣がまるで人形の遣い手のようになって、相場を上げたり下げたり、積荷を右から左へと移動させただけで、そこに生まれる抽象的な貨幣の動きが、人の人生を大きく左右して、右往左往させたり、喜怒哀楽させたり、夜逃げをさせたり、果ては首つりにまで追い込んでいった。

浮世は、不気味な経済の黒子の糸さばき、棒さばきに操られた、巨大なパペット劇の一場面に、いまや劇的な変貌をとげようとしている。そんな思いが、西鶴にあの一連の作品を生み出させていたのだとしたら、文字どおり、その人形浄瑠璃芝居の世界のまっただなかにいた近松が、同じ時代の本質を、さらに深刻な、むきだしなほどに悲劇的な、人形芝居に表現しつくしてみせようとしていた光景も、ますます凄みを増して来るのではあるまいか。

「曾根崎心中」より

立迷《たちまよ》ふ、浮名《うきな》を余所《よそ》に、洩《も》らさじと包む心の内本町《うちほんまち》、焦《こが》るゝ胸の平野屋《ひらのや》に春を重ねし雛男《ひなをとこ》、一つなる口桃《くちもも》の酒、柳の髪もとく〳〵と呼ばれて粋《すい》の名取川《なとりがは》、今は手《て》代《だい》と埋木《むもれぎ》の、生醬油《きじやうゆ》の袖《そで》したゝるき恋の奴《やつこ》に荷《にな》はせて、得意《とくい》を廻《まは》り生玉《いくたま》の社《やしろ》にこそはつきにけれ出茶屋《でぢやや》の床《とこ》より、女のこゑありや徳《とく》さまではないかいの、コレ徳様〳〵と手を叩けば徳兵衛《とくべゑ》、合点《がてん》して打頷《うちうなづ》き、コレ長蔵《ちやうざう》、おれは後《あと》から往《い》の程に、そちは寺町《てらまち》の久本寺様長久寺《くほんじさまちやうきうじ》様《さま》、上町から屋敷《やしき》がた廻《まは》つてこさうして内《うち》へ往《い》にや、徳《とく》

世にたったお初との浮き名を広げるまいと思う心の内本町、恋に焦がれる火を胸に平野屋で手代の年季を重ねた優男の徳兵衛、一口しか飲めなかった酒を百も飲むようになり、綺麗に髪もといで「徳、徳」と皆に呼ばれ粋の名をあげた。

　今は手代の身に埋もれ、埋もれ木なれど生醬油の袖にしたたる樽を丁稚に担わせ恋の奴のお得意めぐり、行く生玉の社に着いた。

　出店の茶屋の床几のほうから女の声、「ありゃ徳様ではないかいのう。これ徳様、徳様」と手をたたくので、徳兵衛、合点うなずき丁稚に言う。「おい長蔵、おれはあとから帰るので、おまえは寺町の久本寺様、長久寺様、上町からお武家屋敷を回

兵衛《べゑ》もはや戻るといや、それ忘れずとも安土《あづち》町の紺屋へ寄つて銭《ぜに》取りやや、道頓堀《だうとんぼり》へ寄りやんなやと、影見ゆるまで見送り〱、簾《すだれ》をあげてコレお初《はつ》じやないか、これはどうじやと編笠《あみがさ》を、脱がんとすれば、アヽまづやはり被《き》て居さんせ、今日は田舎《ゐなか》の客で、三十三番の観音様を巡りまし、こゝで晩まで日暮らしに、酒にするじやと贅《ぜい》いひて、物真似《ものまね》聞きにそれ其処《そこ》へ戻つて見ればむづかしい、駕籠《かご》も皆知らんした衆《しゆ》やつぱり笠を被て居さんせ、それはさうじやが此比《このごろ》は梨《なし》も礫《つぶて》も打たんせぬ、気遣《きづか》ひなれど内方《うちかた》の首尾を知らねば便宜《びんぎ》もならず、丹波屋《たんばや》まではお百度《ひやくど》程尋ぬれど、あそこへも音づれもないと有る……

りながらお店に帰りな。徳兵衛もすぐに戻ると言っておくれ。そうだ、忘れちゃいけない。安土町の紺屋の売り掛け、あの店に寄って銭を受け取るんだ。道頓堀に寄って遊んだりするなよ」と、丁稚の姿が見えなくなるまで見送り見送り、茶屋のすだれを上げて、「あれ、お初じゃないか。これはなんと」と編み笠をぬごうとすると、「あら、笠をとらないで。今日は田舎の客で、三十三番観音様の札所をめぐり、ここで晩まで一日中、酒盛りすると大口たたき、口まね騒ぎ。そこへ戻って、このようすを見れば、これはめんどう。駕籠かきも皆、おまえさまの顔見知り。やっぱり笠を着ていておくれ」。「それはそうだが、この頃は、梨の礫の音沙汰なし。

気がかりなれど、おまえの事情もわからぬので便りもできず、茶屋の丹波屋にはお百度踏むほど訪ねたけれど、そこへも行っていないという」。こうして徳兵衛とお初は再会したのだった。

禅竹

禅竹（一四〇五～七〇?年）は奈良に伝わる大和猿楽四座の主流、円満井座《えんまいざ》すなわち金春座の棟梁である。また、四座のうち結崎座から興った観世座を率いる世阿弥の娘婿で、義父とともに能楽を芸道として究め、『芭蕉』『定家』などの謡曲や『明宿集』『至道要抄』などの芸道論を著した。実名は貫氏。禅竹は法名で、金春禅竹・金春大夫・竹田大夫などとも呼ばれる。

能の正式な組み立ては一日五番で、内容が異なる五種類の能を演じる。一番目は神がシテ（主人公）の神物、二番目は武将がシテの修羅物、三番目は女がシテの鬘物《かずらもの》、四番目は狂女などがシテの雑物、五番目は天狗や龍神がシテの鬼物である。最初の一番目物は脇能ともいう。『高砂』など祝言を主題とする能だが、もとは「とうどうたらりたらりら……、千秋万歳、喜びの舞なれば、一舞舞はう万歳楽」などとうたう『翁』という祝いの歌舞につづくものだったからだという。大和猿楽四座は奈良の興福寺や春日大社の奉納芸能だったので、能は『翁』のような祝詞《のりと》の歌舞に始まった。室町時代には神仏混淆《こんこう》によって、その祝詞は密教・法華・浄土の仏教色に彩られている。禅竹の『明宿集』では特に法華信仰や禅の悉有仏性（あらゆるものの本質は仏と同じ）、草木国土悉皆成仏（山も川も草木も仏）という考え方によって祝詞と祈禱《きとう》の意味を問い直し、能に表した。

謡曲『芭蕉』では芭蕉の精が女の姿で法華経を誦《じゅ》す僧の夢に現れ、草木もまた仏の慈雨を受けているという法華経の一節を語りながら、万物は縁によって生じたものだという諸法実相（真実のありさま）を告げ、破れた芭蕉の葉だけを残して夢から消える。

中世的思考の花

中世には世界中の多くの地域で、封建主義という政治システムが発達した。封建主義は土地の領有をベースとした権力である。これは、強力な領主とその領主によって土地の領有を認められた(安堵《あんど》された)在地の有力者とが、たがいに主従関係を結ぶことによって、大きな勢力を形成するというシステムである。封建主義では、権力が樹木のように大地に根を下ろしているのである。

この政治システムでは、土地からもたらされる富が権力の土台となる。そして土地からの富を地代として得る地方有力者の多くが、きわめて古い時代から自分の領地と強い精神的結びつきを持っていた。そのために大地霊との強い結びつきを得ることが、封建主義の政治思想で大きな意味を持つことになり、そのことを表現するための、さまざまな象徴装置が開発動員された。中世に発達した芸能には、このことが大きな影を落としている。

能はもともと各地の社寺に、古代より伝えられていた宗教芸能から発達してきたものである。その原始的な能が、権力の中枢に近いところまで引き上げられて、もう芸術と呼んだほうがよいくらいの洗練された芸能に発達をとげた室町という時代は、まさにこの封建主義が古代王権の原理を押しのけて、自分を一つの権力原理として確立しようとしていた頃である。室町幕府のシステムは、後醍醐《ごだいご》天皇によって花火のように短期間だけよみがえった古代王権の原理と、これから確立されようとしている封建主義の原理との、興味深い二元論理（バイロジック）としてできあがっていた。この二元論理こそが、「中世」と呼ばれる時代を貫いている構造原理にほかならない。その室町幕府の形成と能の生成の過程が、まったく同調しあっているのである。

世阿弥が足利義満に見出されて権力の中枢部に近づいた頃、室町幕府の政治機構は完成に近づいていた。世阿弥の娘婿である禅竹の後半生は、応仁の乱をきっかけとしてその室町幕府が瓦解《がかい》していく過程（そこから近世的なピュアなかたちの封建主義が確立してくるまでにはなんと百年もかかっている）に組み込まれている。世阿弥の思想は、室町幕府が体現していた中世的な二元論理の、もののみごとな芸術表現だった。それを受け継いで禅竹はこの二元論理をさらに純化して深めた。禅竹の作品と思想の中に、私たちは中世的思考の純化された結晶ないしはあでやかに咲いた花を見ることができる。

足利義満は後醍醐天皇の政治思想から大きな影響を受けていたと言われる。後醍醐天皇は天皇の権威というものを、古代以来の天皇霊とそれよりもさらに古い大地霊とを一体化させた、二元的な論理としてよみがえらそうとしていた。古代的な天皇霊は、天のいや高きところにある超越的な霊に結びついている。それは大地を超越する抽象的な思考であり、自然が生み出した自生的秩序とは異なる人工的な古代権力のメカニズムを動かす。ところがそこに大地の生産力が結びつかなければ、その古代権力の土台は脆弱《ぜいじゃく》である。平安末期に浮上してきた武士の権力は、まさにこの土地の力のうちから誕生してきたものである。武士によって奪取された王権を、ふたたび天皇に奪い返すために、後醍醐天皇は天皇霊を大地霊に結合するための、さまざまな方策を考えた。古代的な土地所有から落ちこぼれたニッチである楠木正成たち散所武士を組織化して自分の勢力としたり、大地霊との親和性のよい密教を王権儀礼に組み込んだり、天皇が人民と土地を一元支配できる制度に作り替えたりすることによって、その考えを実現に移そうとしていた。足利義満はその後醍醐天皇の試みから大きな刺激を受けつつ、新しい時代の支配原理を抽出しようとしたのである。

足利義満は幕府権力の支えを、明帝国の権威に求めた。同じ武士権力と言いながら、この点は鎌倉幕府とは対極的である。源頼朝は天皇と対峙《たいじ》できる武士権力の根源をしめすために、都の貴族たちを招いて、富士山麓での大規模な巻き狩りを催した。武士の権力の根源は、律令の法体系ではなく大地から生まれた生産力にあり、天ではなく自然のうちに根ざしていることを、儀礼的な狩猟をとおして表現しようとしたのである。ところが足利義満は天皇が持ってきた超越的な権力の形態を認めながら、日本列島に発達した王権を飛び越えて、大陸の天の皇帝の権威との結びつきによって乗り越えるという戦略を考えたのである。

その一方で、義満は頼朝が狩猟儀礼で表現しようとした大地霊ないし自然霊との結びつきということを、より象徴化した芸術的レベルで表現することを求めた。いまや後醍醐天皇が採用した古代的な密教にかわる、新しい中世的表現形態が必要であった。そのようなものが発見できるならば、それを超越的な王権の論理と結合することによって、二元論理を統一した王権の形態が確立できることになる。そうすれば、武士がつくる王権は天皇の王権に対峙できるような、いやそれどころかそれを乗り越えることさえできる形態を獲得することが可能だ。義満はその政治思想を、現実の政治システムとしてよりも、幽玄《ゆうげん》な芸術をとおして表現しようとした。そのとき足利義満が発見したもののひとつが、観阿弥と世阿弥父子による能にほかならない。

能の原型が「翁」であることは、能の創成期の当事者たちによっても、はっきりと認識されていた。翁はある種の神の出現《みあれ》の様を、象徴的に表現した芸である。「ある種の神」とは、大地的な霊のことにほかならない。大地は生命の滅んでいく空間であると同時に、生命が生まれでる空間でもある。遠い昔に大地の一角を領有した先祖は死んでのち、その土地に埋葬された。その子孫たちはその同じ産土《うぶすな》の土地に生まれ、先祖の始めた事業を継続した。このように大地とは、古代から中世にかけての思考にとっては、現実世界の支えでありながら、現実世界を包摂しているより大きな潜在世界をあらわしており、生と死とが渾然《こんぜん》一体となったカオスモスでもあった。

翁の芸は、その潜在空間が現実世界に突出してくる様子を、仮面（黒い仮面であることが多い）神の出現で表現する。あの世がこの世にせり上がって出てくるのであるから、その表現は必然的に生成的であり、かつ「幽玄」である。大地の霊はこのようにして出現する。人間は大地霊にたいするときには、天の神に呼びかけおぎ降ろすようなやり方をとることができない。いや高き天の神はコミュニケーションの神であるから、祝詞《のりと》によって呼びかけをおこなう方法が効く。ところが大地の霊は、コミュニケーション以前の潜在空間に住まうものなので、人間の呼びかけに応えて出てくるような存在ではない。

その霊に出現《みあれ》を請うためには、空間を幽玄にしつらえ、人間自身が神に向かっての変容を起こし、息を殺してひたすら出現のときを待つしかない。人間の計画は大地霊には通用しないからである。すべてを偶然にゆだね、人間であることさえ放棄して、変容に身を委《ゆだ》ね、遊びの精神で出現を待つしかない。それゆえに、大地霊の出現は宗教の管轄ではなく、芸術の管轄のものとなる。能はこのような翁という大地霊を中心に組織された、現実世界に向かってのあの世のせり上がりの表現からなりたっている芸である。足利義満の天才は、翁を中心に組織された能という芸能の中に、自分が実現しようとしている政治構造と「同型」をした思想の、芸術表現を見出したのである。

　三輪山の背後から流れ出る初瀬川の流域を拠点としていた芸能者たちこそ、この任務を果たすには最適任な人びとであったと思われる。初瀬川は古代より有名な「こもりく＝埋葬」の土地である。水源地にはおそるべき姿をした水の神（龍神）が住んでいたが、仏教によってその水の神は十一面観音に姿を変えた。その地の住民は男性だけで秘密結社的な「座」をつくり、先祖霊でもある大地霊の出現を表現する、古くからの翁の芸を伝えていた。

　こもりくの土地の者たちが演ずる翁には、独特の強度とリアリティが宿っていた。それは三輪山をはさんでちょうど初瀬川の向かい側にあったこもりくの土地の住民である柿本一族の発達させた挽歌《ばんか》に、比類のない強度とリアリティが宿っていたのと同じである。万葉の和歌は柿本一族の発達させた挽歌から大きな影響を受けた。挽歌とは死を悼《いた》み、死者に語りかける言葉の芸能である。その挽歌と原初的な能は、表現としてきわめてよく似た構造を持っている。

　初瀬川流域の能の諸座が伝える翁には、生と死が渾然一体となった幽玄の空間が実現されていたのである。埋葬地で喪の儀礼を専門としていた人びとこそ、このような意味ではもっとも「中世的」な精神を体現する者たちであったと言える。初瀬川流域の翁の芸を奉ずる諸座の中から、のちに観世座《かんぜざ》、円満井座《えんまいざ》などの中世的な芸能座が出てきた背景には、おそらくそのようなネクロロジー（死霊学）的な理由が潜んでいると思われる。

金春禅竹はこのようにして発達してきた能の根源を探る「考古学的探求」に、深い関心を抱いていた。世阿弥は考古学的な探求よりも政治思想のほうに関心のあった人物であったから、先輩古老たちから伝えられた古伝承を、深い関心を持って書き留めたり、深めたりはしなかった模様である。ところが禅竹には世阿弥には見られることのない、異常なほどの考古学的探求への嗜好《しこう》があった。彼は自分たちが奉じている芸能の根源を知りたいという、強烈な願望を持っていた。能は翁に始まり翁に終わるという芸能である。それならば、能の根源を知るには、まず翁の根源を知り尽くすことができなければならない。禅竹の秘伝書『明宿集《めいしゆくしゆう》』は、そのような関心に突き動かされて書かれたものであった。

この著作をものするにあたって、禅竹は諸座の古老たちから教えられてきた古伝承を、「アナロジー」の方法によって分類し、体系づけることを試みた。アナロジーは中世に大いに発達した世界の分類方法である。アナロジーは事物を分離する「別化性能」よりも、異なる事物に共通性を見出す「類化性能」によって、世界を分類する思考方法である。外見が異なっていても、深層に似ているところがあれば、アナロジーはそこに「同じもの」がある、と認識するのである。禅竹はこの思考方法を厳密かつ体系的に駆使することによって、翁の背景となっている神仏の世界を、精密に分類してみようとした。

そこで次のような思考が展開されることになる。

そもそも「翁」という神秘的な存在の根源を探求してみると、宇宙創造のはじまりからすでに出現していたものだということがわかる。そして地上の秩序を人間の王が統治するようになった今の時代にいたるまで、一瞬の途切れもなく、王位を守り、国土に富をもたらし、人民の暮らしを助けてくださっている。この翁の本体（本地《ほんじ》）を探求してみると、胎蔵《たいぞう》界と金剛《こんごう》界をともどもに超越した法身《ほっしん》の大日如来《だいにちにょらい》であり、あるいは無限の慈悲《じひ》をこめて我らの世界を包摂する報身《ほうじん》の阿弥陀《あみだ》如来であり、また人間世界で教化《きょうげ》をおこなう応身《おうじん》の釈迦牟尼《しゃかむに》であり、つまるところ法身・報身・応身という真理の三つの様態を、一身にみたしていらっしゃるのである。この一身を三身《さんしん》に分けてあらわすところが、猿楽《さるがく》で言うところの「翁式三番」の表現となってあらわれる。こういう神としての示現（垂迹《すいじゃく》）を知れば、ますますいろいろなことがわかってくる。第一は住吉の大明神である。あるいは諏訪明神としても、塩竈《しおがま》の神としても示現をなさる。伊豆の走湯《はしりゆ》権現として示現したときには天皇の勅使と面談をおこない……神秘的な解釈ではこう言われる。本地垂迹はすべて本体は一つであって、不増不減、常住不滅の神秘も唯一神に集約される。

アナロジーは異なる事物の系列の間に、対応関係を見出すことができるために、二元的思考を政治から宗教まで広い現実に適用して世界を理解しようとしていた中世には、たいへんに重宝された。仏教と神道は異なるルーツから発達してきた。そのためにこの二つの考え方を調和させるのは難しい。しかし、アナロジーの思考を使えば二つの異なる思考系列の間に、対応関係を打ち立てることができるということを、中世は発見した。「神仏習合」や「本地垂迹」と呼ばれる中世に特有の宗教思想を生み出したのは、このアナロジーによる世界理解であった。

この考えによると、翁は仏教で言う「三身」に対応することになる。翁はこの宇宙を構成する真実の力が潜在空間から現実空間へ向かって展開してくる、生成の様をあらわしている概念である。生成の過程には三つの位相がある。いちばん深いところには未発の状態にある潜在空間そのものがあり、つづいてそこから現実世界に向かっての力の盛り上がりないし放射が起こるが、それは現実世界に顔をあらわして人びとに幸福と富をもたらすのである。この翁出現の三つの位相は、仏教が言う仏の三身と完全な対応関係にある。

翁……未発の潜在空間　力の放射　現実世界への示現
仏……　法身　報身　応身

このような対応関係が見出されると、中世的思考は歓喜して、両者は「御一体である」との認識をしめすのである。なにも翁と仏が同じものだと言おうとしているのではない。翁の構造と仏の構造のうちには同型性があり、翁を含む神々の系列と大日・阿弥陀・釈迦牟尼の展開を見せる諸仏の系列との間には、完全な対応関係を考えることができるわけである。

アナロジー思考によれば、翁はまた、住吉明神とも諏訪明神とも塩竈の神とも伊豆走湯権現とも「御一体」である。それは大地の霊の表現としての翁が、海の神としての住吉神とも、山の自然霊としての諏訪神とも、海水の力の結晶体である塩の神とも、地熱と温泉の神である走湯権現とも、自然力の示現の構造において、すべて同型をしめしているからである。

金春禅竹はこのようなアナロジー思考を体系的に駆使することによって、翁の本質に迫ろうとした。彼が採った方法は、物事の本質をあきらかにしようとする近代人が用いるやり方とは、根本的な違いを持っている。近代的な思考では、別化性能を用いて分離した物事の間に、論理的な「因果関係」を見出すことが、本質に迫る唯一の方法であると、たいした根拠もないのにそう思い込まれている。現代でも科学において有力なこの方法には、しかし大きな限界がある。物事の因果関係は、現実の事物が構成する世界にしか通用しないからである。現実の世界を生み出すおおもとの潜在空間において、力や事物がどのように結び合っているかを、近代が重視するこの方法では、あきらかにすることができない。中世的なアナロジー思考は、その反対に、事物が潜在空間でどんなつながりを持っているのかを、直観と観察によって見出そうとしていた。

それゆえ、金春禅竹が『明宿集』で用いたアナロジーに基づく分類思考の方法を、現代人の目から見て「牽強付会《けんきょうふかい》」だの「非合理」だのと批判するのは、間違った学問的態度なのである。中世的思考が探求していたのは、現実世界の事物の因果関係ではなく、因果関係のさらに奥にひそんでいる「事物を内奥でつないでいる原理」であった。それを探るには、事物が現実世界でどのように分離されているかではなく、分離されているように見える事物がいかに内奥で結び合っているかを、あきらかにできなければならない。中世的思考が愛好したアナロジーは、潜在空間で事物が関連しあっているそのようなつながりを発見するための直観的方法であったが、禅竹のようにこの方法を駆使して、我が国の王権の秘密にも触れる巨大な問題領域に探求の歩を進めた思想家は、我が国の折口信夫まで、この国に一人もあらわれることがなかったのである。

能の実作者としての金春禅竹は、「事物を内奥でつないでいる原理」への直観にしたがって、彼にしか創れないいくつもの優れた作品を書いた。『芭蕉』がその代表である。

この作品で禅竹は人間と植物の間のアナロジー関係を主題に採り上げた。アナロジー思考は、人間と植物というように異なるカテゴリーに分類された事物同士の間に類似点を見出して、二つを重ね合わせる。そのとき異なるカテゴリーに分類された事物を「内奥でつないでいる原理」が直観されることになる。日本人は古くから、人間と植物との間には、深層で通底しあっている共通のものが流動しあっている、と直観していた。それは人間のものであると同時に植物のものでもある「なにか」であり、また人間と植物を超越している「なにか」でもある。

人間はこの「なにか」をとおして成仏（悟り）への可能性を開かれる。そうだとすれば、その同じ「なにか」をとおして、植物だって成仏の可能性をあたえられているのではないか。そこで人間の女性の姿をとってあらわれた芭蕉の精が、読経に明け暮れる僧にこう訊ねるのであった。

（芭蕉の精）「あらありがたや候　このおん経を聴聞申せば　われらごときの女人非情草木の類《たぐ》ひまでも頼もしうこそ候へ」
（読経の僧）「げによく聴聞候ふものかな　ただ一念随喜《ずいき》の信心なれば　一切非情草木の類ひまでも　なんの疑ひか候ふべき」
（芭蕉の精）「さてはことさらありがたや　さてこそ草木成仏の　謂《い》はれをなほも示し給へ」
（読経の僧）「薬草喩品《やくそうゆほん》あらはれて　草木国土有情非情も　みなこれ諸法実相の」「（……）草木も成仏の国土ぞ　成仏の国土なるべし」

ここには日本人のおこなうアナロジー思考のラディカルさが、遺憾《いかん》なく表現されている。金春禅竹は、草木悉皆《しっかい》成仏を唱えた日本仏教の思想家たちとともに、すべての宇宙存在に向かってのアナロジー思考の適用を躊躇《ちゅうちょ》しないのである。インド仏教ではその適用は、動物のところでブロックされてしまっている。動物までが有情（意識作用を持っている存在）で、植物は非情（意識作用を持たない存在）に分類され、アナロジー思考の運動がそのブロックを突破して、有情即非情という重ね合わせにまではたどり着くことがなかった。ところが、中世の日本人はいささかの躊躇もなく、仏教が設置しておいた分類のブロックを破壊して、人間と植物をともに成仏の可能性を持った存在同士として、たがいに重ね合わせるのである。

禅竹の創造した芭蕉の精はこう語る。「意識作用を持たない非情の植物というものは、まことは形態を持たず固定した実体も持たない、現象化以前の存在の真実をそのまま表現しているものです。微粒子は宇宙の表現であり、その宇宙の全体は微粒子の中に包摂されているという認識の上に、雨露霜雪など折々にふれての植物の形を現出させています。一花を仏の前に捧げるようにして、一枝花開いては、存在の真理を顕現させております」。

この芭蕉の精はあきらかに翁の変身である。翁はその一身に生と死を共存させている。翁は生と死の通底器なのだ。芭蕉の精は有情と非情の間に通路を穿《うが》ち、あらゆる存在に成仏への可能性を開く。そこでは、煩悩と悟りの区別はなく、輪廻《りんね》にある衆生と輪廻を脱出した仏の区別も消滅している。これはそのままで中世的思考の絶頂をあらわす。金春禅竹は論理によるのではなく、まさに芸術によって、日本人の思想の頂上を極めたのであった。

「明宿集」より

一、翁《おきな》ヲ宿神《しゅくじん》ト申《もうし》タテマツルコト、カノ住吉ノ御示《ごじ》現《げん》ニフガウ（符合）セリ。

日月星宿《じつげつしょうしゅく》ノ光《ヒカリ》クダリテ、チウヤ（昼夜）ヲワカチ、物ヲ生ジ、人ニヤドル。三光スナワチ式三番ニテマシマセバ、日月星宿ノ儀ヲモテ宿神ト号シタテマツル。宿ノ字ノ心、ホシ（星）クダ（下）リヒト（人）ニタイシ、ヨロヅノ業ヲナシタマフ心アリ。イヅレノ家ニモヨバレタマフベキ星宿ノ御メグミナレド、ワキテ宿神トガウシタテマツル翁ノイトク（威徳）、アウギテ

一、「翁」を宿神と申し上げることは、かの住吉大神の御示現なさったときの姿と符合している。太陽と月と諸天体の光が地上に降下して、昼と夜の区別ができ、物質が生まれ、またその光は人に宿ったのである。太陽・月・星の三つの光は猿楽に言う式三番に対応するものであるので、太陽・月・星宿（星宿神＝北極星）の意味をこめて、宿神とお呼び申し上げているのだ。「宿」という文字には、星が地上に降下して、人間にたいしてあらゆる業をおこなうという意味がこめられている。星の光はあらゆる家に降り注ぐ。そのようにどのような家にも招かれ歓待されるというのが星宿神たる北極星のお恵みではあるが、とりわけ宿神とお呼び申し上げて

モナヲアマリアルベシ。

一、翁ノ字ニツキテ、秘密灌頂、口伝《くでん》ニアルベシ。大カタキミ（公）ノハネ（羽）トカキタリ。王ヲバ鳥ニタトエタテマツル。四カイ（海）ヲメグム慈悲ノ御心ナクテワ、賢王ト申サズ。サレバ、御《お》マナジリ（眦）ヨモ（四方）ニアキラカニシテ、ミソナワセズトイウコトナク、御ミミ（耳）ヨモニト（疾）クシテ、キカシメタマワズトイウコトナシ。コヽニヨテ、四カイ（海）ヲカケル心ヲモテ「キミ（公）ノハネ（羽）」トカケリ。

いる「翁」の威徳は、どんな畏敬をこめて仰ぎ見てもあまりあるものがある。

一、「翁」という文字については、秘密灌頂と口伝がある。多くの場合には、「公」の「羽」と書いてある。王を鳥に譬えているわけである。領国のあらゆる領域に恩恵をほどこそうという慈悲の御心がなくては、とうてい賢王とは言われない。そこで王たる者の眼は四方の世界にキッとばかりに注がれて、なにひとつ見逃すことがなく、その耳は四方の世界の物音をなにひとつ聞き漏らさないように、注意を張りつめている。このように、王たる「翁」はあらゆる領域の上を飛翔する能力を備えているという意味をこめて、「公」の「羽」と書くのである。

謡曲　江口

能の源は奈良時代に伝来した歌舞・曲芸にさかのぼり、寺社の奉納演芸や街角の見せ物として広まった。それを散楽、転じて猿楽（申楽）という。その猿楽の諸流のなかで観阿弥（一三三三〜一三八四年）が興したのが観世座で、二代棟梁になるのが長男の世阿弥（一三六三?〜一四四三?年）である。応安七年（一三七四）頃、父子は京の今熊野神社で猿楽を演じた。それを見た三代将軍・足利義満が猿楽に心酔して庇護するようになり、猿楽の様式を整えて発展したのが能楽（能）である。世阿弥は実名を観世元清という。芸名は阿弥陀仏の名号に一字をつける阿弥号、世阿弥陀仏の略。世阿弥作の謡曲（能の脚本）は『高砂』『実盛』『江口』など五十曲ほど伝わる。また、『風姿花伝』『至花道』などの芸道論を著した。

能は現在能と夢幻能に大別される。現在能は登場人物が生者だけなのに対し、夢幻能は神霊や幽霊が主役のシテ（仕手）。世阿弥の能はほとんどが夢幻能である。夢幻能は前場と後場の二場面に分かれる。前場でシテはワキ（脇）の旅僧などの夢に老人や女の姿で現れる。それは浮かばれない霊であると地謡や中入りで語られたあと、後場でシテが霊の姿を現し、ワキの旅僧の供養を受けたり、思いを語ったりして消え去っていく。『江口』は四天王寺詣での西行が港町の遊女に一夜の宿を頼んで断られたときの問答歌（『新古今和歌集』所収）を素材にした謡曲。西行ゆかりの港町を訪れた旅僧に遊女の江口の君の幽霊が現れ、あのとき宿を断ったのは西行に仏道を説くのが真意だったと語り、遊女は普賢菩薩の化身だったという結末に至る。

菩薩としての遊女

山城盆地に平安京が建設されると、江口と神崎にたくさんの遊女（遊行女婦）が蝟集して、一大歓楽街をなすようになった。そのわけは、そこが淀川と神崎川の合流する川べりにあったからである。

淀川はその頃、琵琶湖周辺から流れ込んでくる大量の土砂によって、たえずその姿を変化させていた。河口に運ばれてきた土砂は、そこに八十島と呼ばれるほど多数の島々を出現させていた。河口部から江口・神崎にかけて、淀川べりの景観は、文字通り生き物のように動き変化していたのである。

江口と神崎は、交通の要所（ジャンクション）に位置していた。京都から難波へ出るにも、山陽道や南海道に入っていくにも、貴族も庶民もみなここでいったん下船して、別の船に乗り継いだり、歩行《かち》の旅を始めなければならなかった。そうなればとうぜんそこには遊女たちが集まってくる。遷都以前には、難波津がそういう場所として栄えていた。その難波津の繁栄が、そっくりそのまま江口とその対岸の神崎に移動してきたわけである。

遊女の多くは、きまった抱え主を持つ隷属民ではなく、個人営業の自由民だった。したがって江戸時代の遊郭の遊女のあわれな境遇をもって、中世の江口や神崎の遊女の境遇を連想するのは、的がはずれている。彼女たちはあくまでも芸をもって身をたてるれっきとした「芸能者」であり、その芸のうちに性愛の技術も含まれ（客たちのお目当てはこちらのほうであった）、自分の性的な身体を商品として売る、たくましい「商人」であった。

彼女たちが「表の芸」である舞や謡の芸能を見せるのは、川べりに建てられた座敷付きの建物（ここで飲食もおこなわれる）を有料で利用した模様だが、「裏の芸」である性愛の秘術をつくすのは、近くに建てられた自分用の個人宅に、客を招き込んでおこなうのがふつうだった、と『遊行女婦・遊女・傀儡女』（至文堂）の著者である滝川政次郎は推測している。

ここには貴族層を上客とする高級店から、旅をする庶民相手の低廉な店まで、幅広い選択肢が開かれていた。お金さえ払えば、誰にでもチョイスに合わせたサービスが提供され、どんな人にもお客としての待遇が約束されていた。江口と神崎には、淀川の川面を煌々と照らして、音曲や嬌声が深夜までにぎやかに鳴り響いていた。平等と自由と快楽の幻想を提供する、そこはまさに扶桑第一のこの世の極楽浄土であった。

中世の遊女のこうした自由民としての特徴を理解するには、彼女たちの「来歴」をたどってみるのがいちばんよいやり方である。遊女という優雅な呼び名が定着する以前、彼女たちは「クグツ（傀儡）」というまことに野性的で古拙な名前で呼ばれていた。この名称は地方へ行くと、ずっとのちの時代になるまで使われており、そこではクグツ女と言えば、芸能を職業としながらも自分の性も売る女性のことを指していた。

このクグツの最大の特徴は、一定の土地に定住して田畑を耕す生活をすることを拒絶した人々である点に求められる。強い意志をもって、農民にならなかった人々である。別の言い方をすると、この人たちは、戸籍に入れられて国家に支配されることを好まず、農民として米を作って税（古代では米が税の基本である）を納めることから逃れようとした人々であった。古代や中世には、国家に所属させられることを嫌って、山や海や川に逃れた人々の集団が、まだたくさんいた。クグツはそういう「自由民」の中でも、サンカのように奥山に暮らした人々とは違って、都市近郊を生活の場とした特別な人たちである。彼らのことは「クグツ族」と呼んでよいかも知れない。

クグツは川べりを生活の場所とした。男は昼間はおもに狩猟をおこなったが、副業として手品《てづま》や人形使いの芸を見せた。手品の芸では、なにもないところから動物や物を取り出してみせたりした。またクグツの人形使いはじつに巧妙で、命のない木偶人形をまるで生き物のように舞わしてみせた。これにたいして、クグツの女は歌舞音曲を表の芸とし、裏の芸として性の快楽を自分のからだを道具として売った。彼らのおこなうさまざまな「快楽《けらく》の芸」は、一般庶民のみならず、多くの貴族や僧侶の心をもとらえた。

クグツは交通のジャンクション（宿駅）や川べりや港に集まって暮らし、そこに商売用の小屋を建て、仕出し料理をつくる料理人や警護のための強面《こわもて》を集めて、町のようなものをつくることもあったが、基本的には戸籍に登録された公民ではなく、国家の庇護の外に置かれた「化外の民」としての差別的な扱いを受けた。

もともとは仏教徒でもなければ、神社に祀られた大神を信仰するわけでもなく、「百太夫」という不思議な神様を信仰していた。百太夫はいわゆる「宿神《しゅくじん》」であり、その起源は遠い古代に遡る。宿神は境界領域を自由に行き来する精霊である。中世には、猿楽者をはじめとする多くの芸能者が、この宿神を信仰した。宿神は神社の神々よりも、はるかに古い来歴を持っている。そのことを考えてみても、クグツのルーツがとてつもなく古く深いということがわかる。

彼らはこの宿神の力を借りて、顧客となった人々にさまざまな「幻影」を見せては商売をする、高級な部類の「夢の商人」であったと言える。彼らにはもともと所属する国がないのであるから、国の境という概念もまるで他人事で、川や海の水の上を伝って、自由に世間を往来した。そのためだろうか、クグツの伝承する奇術や人形使いのレパートリーや、女クグツの駆使する性の秘術のなかには、インド・西域にまで広がった国際性豊かな技術を認めることができる。このようなクグツのなかに、遊女の本源が隠されている。

中世にはこのようなクグツが、淀川べりの江口・神崎に集まって商売をおこなっていた。その頃には、「クグツ」という古拙な呼び名はだんだんと廃れて、漢籍風の「遊女」という名称が一般的に使われるようになっていた。

彼らは流行にきわめて敏感で、化粧やファッションや歌舞の最先端の流行を素早く取り入れたり、その逆に流行の発信者ともなっていた。美声であること、美麗であることが、遊女の商品価値の判断基準であった。声や容貌の「美」は、しょせんは表層の効果にすぎないが、この表層効果を最大限に高め発揮することこそ、遊女の商品価値を高めることにつながった。素人の女は、素の真実を語る。しかし上手に嘘がつけないようでは、クグツの末裔としての遊女とは、とうてい認められないのである。

商品では、物の持つ使用価値と交換価値が鋭く弁別される。このことは、性のからだを商品とする遊女の世界を貫く一大原理でもある。遊女の世界では、まことと嘘、実体と幻影とが鋭く区別せられ、それらを混同しないことが、すぐれた遊女の技芸をささえる「哲学」ともなった。遊女が心のまことを客に晒すことは、たとえ文芸の世界では持ち上げられることがあっても、遊女の世界では一種のルール違反である。

「まこともまたひとつの幻影なり」と見抜くこと。これが遊女の世界から生まれる、自然な哲学である。

古代インドで、しばしば遊女が最高の知恵の持ち主として描かれ、賞賛されるのは、そのためである。すぐれた遊女は甘美な幻影を眼前に現出させて、顧客を陶然とした境地に誘い込む。そのとき、幻影の生み出し方を知っている遊女は、なにが夢幻で、なにが現実であるかをはっきりと自覚している。そればかりか、顧客たちがこれは現実でありまことであると信じているものが、じつは夢幻と同じつくりをした、もうひとつの幻影であり嘘であるということまで、彼女は見抜いている。

聖者たちが必死の修行を積んだ末に体得するような境地を、すぐれた遊女はその性の技芸をつうじて会得するのである。古代インドの文学には、このような遊女がしばしば登場して、聖者やラージャや貴族たちと、この世界が幻影としてつくられていることや、そこを抜け出した（解脱した）真理の世界などをめぐる、じつに高級な清談を交わすさまが描かれている。

仏典やそこに引用されているインドの古典文学に多少ともつうじている仏教者ならば、日本人にもそのことの知識はあったはずである。それに、遊女の技芸は国際的で、インドの遊女も江口の遊女も、本質はひとつである。彼女たちと親しく交わっていれば、知識人たちはそのうち高度な「遊女の知性」というものが実在することを感得したであろうし、なかにはそれが仏教思想の構造と、じつによく似ているということにも、気づいた人はあっただろう。遊女はからだを売る。そのとき彼女は、自分のからだを幻影を生み出す商品として使用する。しかし、すぐれた遊女というものは、どんなに相方との交歓の歓びに震えたとしても、心は不動にして変化せず、執着してもならないし消費されてもならないのである。

これは『般若経』などに説かれた、菩薩のめざすべき心の境地と、まったく同じ構造をしている。菩薩はこの世のどんな喜怒哀楽に出会おうとも、それに喜びも怒りも執着も抱いてはならず、心は静かな水面のように、いささかも動揺してはならない。それらがすべて心に浮かび上がる幻影であることを、菩薩は知っているからだ。遊女は性交をしながら、菩薩は瞑想をしながら、現世を幻影とみなす、同じ認識の高みに到達するのだ。

ここから、遊女＝菩薩一体説のような思考が生まれたとしても、少しも不思議ではない。そのような知恵の体現者として、「江口の長」の像がつくられていった。書写山の性空上人をめぐる伝説には、その像がストレートに表現されている。江口の長の真実の姿は、最高の菩薩の一人である普賢菩薩にほかならぬ。このような伝説の背後には、遊女と菩薩との「生存構造の同型性」の認識が潜んでいる。このことはさらに拡張して、芸能者と菩薩の同型性とまで言い切っていいかも知れない。中世に出来上がったその認識は、じつに強靭に生きながらえて、ずっとのちの世になっても、「山口百恵は菩薩である」というようなコピー表現となって、日本人の心のなかによみがえってくるのである。

謡曲『江口』ははじめ観阿弥によって書かれ、のちに世阿弥がそれに加筆して完成させた作品である。この一事をもってしても、いかに父子がこの主題に強い思い入れを持っていたかがわかる。

この作品では、夢幻能の基本が破られている。亡霊が出現して、思いのたけを語り舞ったあとに、ふたたび亡霊の世界に戻っていくのではなく、『江口』では、亡霊として出現した江口の君が、じつは普賢菩薩の化身であることを明かして、まばゆいばかりの光の中に包まれていく。

この演出の背後には、遊女と菩薩を一体と見なす、芸能者の生存哲学が潜んでいる、と私は考える。能がまだ猿楽と呼ばれていた昔、猿楽の徒とクグツはきわめて近しい関係を持っていた。彼らはともに土地を所有せず、また耕さない非農業民として、芸能で身を立てる化外の民であった。

猿楽の徒は、幻術や人形使いを得意とするクグツ男のように、幻影の空間を舞台として、生死の皮膜を突き抜けて、向こう側に行ったり来たりする「境界の芸」を演じる人々であった。男色を売ることもあった。公民の住む村のはずれや、川べりに住まわされることもあった。こういう猿楽者の末裔であることをまだ強く意識していた観阿弥や世阿弥にとって、江口や神崎の遊女の存在と彼女たちの運命は、まったく他人事ではすまされないことだった。

遊女と菩薩が一体であることは、演能と菩薩行もまたひとつであることを意味している。菩薩行の本願は、この世が夢や幻と同じ仕組みでできていることを確実に知り、その認識を持ったまま、この世の事物に執着をおこすことなく、衆生救済の業をなすことにある。能の本願もそれとよく似ている。能はあの世とこの世の間に通路をつくり、死の世界の住人が生の世界に侵入し、混じり合う状態をつくりだそうとする。それによって、この世で大切なものとされている価値を相対化し、この世の事物への執着を無化しようとしている。それもまた一種の菩薩行ではないだろうか。

『江口』は能の本質について語る能であり、芸能者というものの本質をひとつの構造として示そうとした、思想の表現でもある。それは、観阿弥や世阿弥が持っていたような、自らの来歴についての自己認識と自覚がなければ生まれてこない思想である。「遊女とは私のことである」。このような思想を持つことのできた観阿弥は、人間としてじつに偉大である。

「江口・後場」より

〈上ゲ歌〉地〽川舟《かわぶね》を、泊めて逢ふ瀬の波枕、泊めて逢ふ瀬の波枕、憂き世の夢を見ならはしの、驚かぬ身のはかなさよ、佐用《さよ》姫が松浦《まつら》潟《がた》、片敷く袖の涙の、唐《もろ》土船《こしぶね》の名残りなり、また宇治の橋姫も、訪《と》はんともせぬ人を待つも、身の上とあはれなり

＊

〈ワカ〉シテ〽実相無漏《じっそうむろ》の大海《だいかい》に、五塵六欲《ごじんろくよく》の風は吹かねども

地〽随縁真如《ずいえんしんによ》の波の、立たぬ日もなし、立たぬ日もな

江口の君、遊女　川舟を止めては旅客と一夜の逢瀬の時をもって、この浮き世の夢を見続けてきたのに、そのはかなさに気づかなかったわたくしたちは、なんと愚かしい人間なのでしょう。あの佐用姫が夫の帰りを待って、松浦潟で夫が乗った唐土船を見送って涙に暮れたのも、また、宇治の橋姫が訪れてくれない男を待っているのも、つくづくと自分たちの身の上のように思われて哀れを禁じえません。

＊

江口の君　悟りの世界という大海には、欲望という風は吹かないのに、その悟りの世界は迷いの世界と一体で、そのためこの俗世間では常に迷妄という波が立たない日がないのです。

江口の君　どうして人が常にそ

し
〈ワカ受ケ〉シテ〽波の立ち居も何ゆゑぞ、仮なる宿
に
〈ノリ地〉シテ〽心留《と》むるゆゑ
地〽心留めずは、憂き世もあらじ
シテ〽人をも慕はじ
地〽待つ暮れもなく
シテ〽別れ路も嵐吹く
地〽花よ紅葉《もみじ》よ、月雪《つきゆき》の古ことも、あらよしなや
〈歌〉シテ〽思へば仮の宿
地〽思へば仮の宿に、心留《と》むなと人をだに、諫めしわれなり、これまでなりや帰るとて、すなはち普賢《ふげん》、菩薩と現はれ、舟は白象《びやくぞう》となりつつ、光とともに白妙《しろたえ》の、

うした迷妄にとらわれるのかといえば、それはこの仮の宿りである現世に執着するからです。現世に執着さえしなければ、憂き世の辛さには無縁であり、人を慕って心を悩ますこともなく、また、人の来訪を待ちこがれることもなく、したがって、人と別れて悲しい思いをすることもないのです。そう思うと、花や紅葉、月や雪に心を動かされたり、歌を詠んだりすることも、なんとつまらないことでしょうか。

　思えば、この世は仮の宿でございます。その仮の宿に執着してはなりませんと、西行法師さえ諫めたわたくしですから、もうここを立ち去らなくてはなりません。

　と、江口の君はそう言うやい

白雲《はくうん》にうち乗りて、西の空に行きたまふ、ありがたく
ぞ覚ゆる、ありがたくこそは覚ゆれ

なや、たちまち普賢菩薩の姿となり、乗っていた舟は白象となって、白光にかがやく白雲に乗って、西の空に去ってゆかれた。それはじつに尊いありさまであった。

あとがき

本書を構成する文章の多くが書かれた一九九五年から九七年の頃、私は信じられないほどに暇だった。原稿や講演の依頼は途絶え、電話は鳴らず、大学からはサバティカルを与えられて、私には自由な時間がふんだんにあった。

そういう頃、小学館の井本一郎さんから、『新編日本古典文学全集』のために、月毎に出る古典作品の解説を書いて、月報に連載してみないか、ただしいままでの国文学の先生がたのぜったいに書かないような斬新な解説でなければだめです、という誘いを受けた。たいへんに魅力的な誘いで、私はよろこんでその仕事を引き受けた。

毎月送り届けられる作品の分厚いゲラを読み、数日のうちに解説を書き上げる、という作業は容易なものではなかった。しかし私はがんらい日本や中国の古典作品が無性に好きだったので、少しも苦労は感じなかった。ほとんど同じ時期に並行して、私は哲学の京都学派を主人公とする『フィロソフィア・ヤポニカ』という作品に取り組んでいたが、文学と哲学という二つの異なる分野を同じ主題がつないでいることを発見して、しばしば驚いたものである。それは「自然と文化の連続性」とでも呼べる主題であり、本居宣長が「もののあはれ」と言ったものを現代的に言い換えると、そういう表現になる。

二十回ほど続いたところで連載は終了し、そのあとなぜか私はその原稿をパソコンに納めたまま、再び忙しくなった日々の中でほかの仕事に関心を移してしまい、それを書籍化することさえ、忘れてしまっていたのである。そのことを最近になって角川学芸出版の郡司聡さんが思い出させてくれた。そこであらためて読み返してみて、自分の関心や思考が、その頃も今もまったくかわっていないことを確認できた。

それにその頃は自分を取り巻く状況は苦しかったが、暇だけはたっぷりあったせいで、文章は自由にして闊達、しかもどんな作品を相手にしても、思考の足取りが軽快そのものであることを確認できて、自分でもうれしかった。こんな作品をどうしていままでほったらかしにしておいたのだろう、と自分のずぼらさにほとほとあきれた。

こうして十数年ぶりに筐底から引き出されたこの作品は、きれいな造本に包まれて、世の中にお目見えすることと相成った。

ていねいな編集を担当してくれた角川学芸出版の小島直人さん、概要の作成などお力添えをくださった大角修さん（地人館）、豪奢な装丁に仕上げてくれたデザイナーの蘆澤泰偉さん、ありがとうございました。またいつもながら仕事の全体を眺め渡しながら上手に調整してくれている野沢なつみさんにも、お礼の気持ちを伝えます。この作品の生みの親である井本一郎さん、よみがえりの父である郡司聡さん、ほんとうにありがとうございました。

二〇一四年晩秋

中沢新一

原文・現代語訳　出典一覧

源氏物語（原文・現代語訳）
万葉集（原文・現代語訳）
新古今和歌集（原文・現代語訳）
歎異抄（原文・現代語訳）
東海道中膝栗毛（原文）
松尾芭蕉（原文・現代語訳）
栄花物語（原文・現代語訳）
日本霊異記（原文）
蜻蛉日記（原文・現代語訳）
雨月物語（原文・現代語訳）
太平記（原文）
好色一代男（原文・現代語訳）
大鏡（原文）
宇治拾遺物語（原文）

『源氏物語』一、角川ソフィア文庫、二〇一四年
『新版 万葉集』一、角川ソフィア文庫、二〇〇九年
『新古今和歌集』上、角川ソフィア文庫、二〇〇七年
『新版 歎異抄』角川ソフィア文庫、二〇〇一年
国立国会図書館デジタルコレクション
『芭蕉全句集』角川ソフィア文庫、二〇一〇年
『鑑賞 日本古典文学』一一、角川書店、一九七六年
京都大学附属図書館・伴信友校蔵書「霊異記」
『蜻蛉日記』I、角川ソフィア文庫、二〇〇三年
『改訂 雨月物語』角川ソフィア文庫、二〇〇六年
『太平記』一、角川文庫、一九七五年
『好色一代男』角川文庫、一九五六年
『大鏡』角川文庫、一九六九年
『宇治拾遺物語』角川文庫、一九六〇年

夜の寝覚（原文・現代語訳）　『新編　日本古典文学全集』28、小学館、一九九六年
日本書紀（原文）　国立国会図書館デジタルコレクション
曾根崎心中（原文）　国立国会図書館デジタルコレクション
明宿集（原文）　国立国会図書館蔵影印本より
同（現代語訳）　中沢新一『精霊の王』講談社、二〇〇三年
謡曲　江口（原文・現代語訳）　『能を読む②』角川学芸出版、二〇一三年

＊その他の現代語訳は、大角修氏（地人館）作成によるものです。

解説

酒井順子

「人間は、たかが千年くらいでは、たいして変化しない。言霊の実感に生きる『万葉集』の詩人たちの思考法と、貨幣の魔力とともに生きる私たちの世界の間には、そう思われているほどの違いはない」

とされているのは、本書「万葉集」の項。

昔の人たちと、今を生きる私たちの間に共通する部分があることを知ることは、古典を読む大きな楽しみの一つです。過去の人々の心の動きと、自分自身の心の動きが一致した時、私たちはなにか大きなものとつながっているという安心感を、得ることができるのです。

しかし我々は今、万葉《まんよう》の人々のように、言霊を日々実感して生きているわけではありません。そんな中で作者は、まるで言霊の代わりのようにして今の世を覆うものが貨幣であるという事実を、指摘します。「たま」といわれる「なにか」、すなわち「無」が流動し、変動することによって、全ての「有」が出現するように、現代社会では貨幣が世に漂って様々な事物を生み出しているのだ、と。

かつて大地から生まれ、大地と密接につながっていた言霊は、次第にそこから離れていきます。そんな中で、「ことばでつくりあげられた自然を、自立させてしまっ」たのが、和歌。やがて俳句によって、「それまでことばがつくりあげる風景の中から排除されていた俗の世界」はすくい取られ、表現されるようになるのでした。

井原西鶴《いはらさいかく》は、そんな時代の人物です。それは、既に商業資本主義が確立された世の中において、「この世の底部に開かれたすがすがしい無への通路も、閉ざされていく」という時代。西鶴は、貨幣がつくりだす複雑な世界の、崖っぷちを歩いていく……。

「雨月物語」を書いた上田《うえだ》秋成《あきなり》は、西鶴より百年ほど後の時代の人でした。彼については、「自分の生きている近世という時代の本質を、形を持たない不気味な流動体の存在が、大きく浮上してくる時代として、とらえていた」と、本書には記されています。

怨霊や妖怪といったものについての話が続く「雨月物語」の最後の章は、お金が大好きな武士の夢枕に、黄金の精霊が登場する「貧福論」。怨霊や妖怪と同様の、無形の流動体である貨幣が、それまでの世の中のしくみを変えていくということを、「貧福論」で秋成は表現したかったのだと、中沢さんは読み説きます。

井原西鶴や上田秋成が記したのは、万葉の時代は登場していなかった、貨幣の問題。

それは江戸《えど》時代において、ことばを操る人間が無視することはできないテーマとなっていました。

しかしそれでもこの頃の日本人はまだ、今の人ほどには「たま」の存在を忘れてはいなかったようです。「雨月物語」では、「たま」と貨幣という、流動・変動しつつ世を包み込む二つの存在を、同時に示しています。

本書において中沢新一さんは、このように様々な古典作品を、遥か上の方から、俯《ふ》瞰《かん》で眺めているのでした。我々読者は、その視線によって、「万葉集」と「雨月物語」との関係性に気づかされます。また、「雨月物語」が日本の歴史の中で、どのような位置づけにある作品かをも、理解することができる。

また我々は、「源氏物語」についての記述から、「物語」についての考えを広げていくことになります。霊すなわちモノの働きと、常に共にあったのが、「語り」。『モノ』が、個人の内面に閉じ込められて、そこにあまりにも鋭利な意識が注がれるようになったときに、私たちの物語文学は、発生することになった」のだ、と。物語とは、「心の内側に滞留した『モノ』に、言葉の表現をあたえることで、脱出への動きをつくりだしてやろうとする、セラピー効果を持った、言葉の薬物」という記述を読めば、物語に没入している時の、心があくがれるような快感の理由がわかろうというものです。

源氏物語の影響を受けたとされる「夜の寝覚」では、女性主人公自身が生霊と化しました。彼女が示したのもまた、「モノ」の絶え間ない流動。「物語文学の持つ精神分析的構造を、露骨にあらわにしてみせた」のです。「夜の寝覚」の主人公は、今の日本の小説の登場人物達と、そう変わるものではないと、中沢さんは指摘しました。平安時代のモノガタリは、今の小説と確実につながっているのです。

「万葉集」と、「日本永代蔵」と、「雨月物語」。歌と、和歌と、俳句。「源氏物語」と「夜の寝覚」、そして現代の小説。……本書を読むにつれて浮かび上がってくるのは、古典作品をつなげてできる、様々な星座です。星座群を眺めていれば、それぞれの星の光がどこから来たかに、私たちは思いを馳《は》せることになりましょう。

様々な星座の光の源は、おそらく一つ。中沢さんは、ことばが産まれてきた故郷へと、私たちを導きます。それは、目に見えないなにものかが自由に蠢《うごめ》き、歌へとつながる「リズム」を生み出した空間。市場システムの中で流動する貨幣の力によって、楽しさや快楽を得たつもりになっている今の人々に対して、中沢さんは古典を読むことによってもう一度、豊かな大地から生み出される「歌」の力を取りもどさせようとしています。それは決して困難なことではなく、私たちが生きる世界のあちこちに、大地への入り口が開いていることを、本書は示しているのでした。

本書は二〇一五年二月に小社より刊行されました。

日本《に》本《ほん》文《ぶん》学《がく》の大《だい》地《ち》

中《なか》沢《ざわ》新《しん》一《いち》

平成31年 2月25日 初版発行
令和6年 6月15日 3版発行

発行者●山下直久

発行●株式会社KADOKAWA
〒102-8177 東京都千代田区富士見2-13-3
電話 0570-002-301（ナビダイヤル）

角川文庫 21470

印刷所●株式会社KADOKAWA
製本所●株式会社KADOKAWA

表紙画●和田三造

●お問い合わせ
https://www.kadokawa.co.jp/（「お問い合わせ」へお進みください）
※内容によっては、お答えできない場合があります。
※サポートは日本国内のみとさせていただきます。
※Japanese text only

ISBN 978-4-04-400439-2 C0195

角川文庫発刊に際して

角川源義

第二次世界大戦の敗北は、軍事力の敗北であった以上に、私たちの若い文化力の敗退であった。私たちの文化が戦争に対して如何に無力であり、単なるあだ花に過ぎなかったかを、私たちは身を以て体験し痛感した。西洋近代文化の摂取にとって、明治以後八十年の歳月は決して短かすぎたとは言えない。にもかかわらず、近代文化の伝統を確立し、自由な批判と柔軟な良識に富む文化層として自らを形成することに私たちは失敗して来た。そしてこれは、各層への文化の普及滲透を任務とする出版人の責任でもあった。

一九四五年以来、私たちは再び振出しに戻り、第一歩から踏み出すことを余儀なくされた。これは大きな不幸ではあるが、反面、これまでの混沌・未熟・歪曲の中にあった我が国の文化に秩序と確たる基礎を齎らすためには絶好の機会でもある。角川書店は、このような祖国の文化的危機にあたり、微力をも顧みず再建の礎石たるべき抱負と決意とをもって出発したが、ここに創立以来の念願を果すべく角川文庫を発刊する。これまで刊行されたあらゆる全集叢書文庫類の長所と短所とを検討し、古今東西の不朽の典籍を、良心的編集のもとに、廉価に、そして書架にふさわしい美本として、多くのひとびとに提供しようとする。しかし私たちは徒らに百科全書的な知識のジレッタントを作ることを目的とせず、あくまで祖国の文化に秩序と再建への道を示し、この文庫を角川書店の栄ある事業として、今後永久に継続発展せしめ、学芸と教養との殿堂として大成せんことを期したい。多くの読書子の愛情ある忠言と支持とによって、この希望と抱負とを完遂せしめられんことを願う。

一九四九年五月三日